CW01022387

VOM __
DER WELT

GÜNTER FINGER

Homepage: ute-und-günter-on-tour.de.tl

Günter Finger
AP No. 3
38820 Hermigua
Sta. Cruz de Tenerife
La Gomera
Espana

edition dedo
[I] Bücher von der Insel [I]

Diese Erzählungen sind frei erfunden.
Zwar beziehen sich die Ortsangaben auf die
Kanareninsel La Gomera,
konkrete Ereignisse und Personen sind jedoch
rein fiktiv.
Ähnlichkeiten mit tatsächlich existierenden
Personen wären somit zufällig.

Coverfoto: Günter Finger

„El Pescante" in Hermigua
Auf solchen Säulen wurden Laufkräne zum
be- und entladen von Schiffen errichtet, wo die
Beschaffenheit der Küste den Bau von Häfen
nicht zuließ.

INHALT

DANK

AN ALLE, DIE MIR MUT GEGEBEN
HABEN.
MEIN BESONDERER DANK FÜR
GEDULD, HUMOR,
HINWEISE UND KRITIK
GEHT AN:
UTE, KATHARINA,
ULRIKE,
LIES, CHRIS
GERDA UND ULLI

AM RAND DER WELT

Für den gebildeten Europäer des klassischen Altertums gab es keinerlei Zweifel an der Annahme, dass die Erde eine Kugel sei. Erst nachdem das Christentum die geistige Führerschaft in Europa übernommen hatte, setzte sich für gut tausend Jahre die Vorstellung der Scheibenform durch, die ein Konzept vom „Rand der Welt" erst denkbar machte. Trotzdem hatten die alten Griechen, Phönizier und Römer nur sehr düstere Vorstellungen von dem, was sich im fernen Westen, jenseits der kanarischen Inseln wohl finden würde. Nach ihrer Vorstellung trieben gewaltige Ungeheuer von unvorstellbarer Hässlichkeit und Grausamkeit in einer Sphäre entfesselter Elemente ihr Unwesen, zusammen mit missgestalteten Riesen. Degradierte Götter hatten dort zur Sühne für ihre Verstöße gegen die Regeln des Pantheons erlesene Qualen zu erleiden. So betrachtet befanden sich auch für die Menschen jener Zeit die 'Inseln der Glückseligen' am Rand der Welt. Interessant, dass Europa schon lange vor der Existenz von Monsanto, Halliburton, Coca Cola, TTIP und Microsoft im fernen Westen nichts Gutes verortete.

Auf der Kanareninsel 'El Hierro' steht ein Leuchtturm, der aus der Sicht des klassischen Altertums den westlichsten Punkt der Zivilisation markiert. Die Schauplätze der folgenden Geschichten befinden sich ganz in dessen Nähe, auf der Nachbarinsel La Gomera.

Wir lernen dort Personen kennen, auch ein Hund ist
dabei, die bei allen individuellen Eigenheiten eines
gemeinsam haben: Ihr Leben verläuft hart an der Kante.
Einige suchen mit Stolz und Freude ihren Weg außer der
Reihe. Sie leben ihr Leben unter erschwerten
Bedingungen, aber nach eigenem Plan. Andere stolpern
durch die Welt, während das Schicksal mit ihnen
Blindekuh spielt. Es bringt sie in Situationen, die ihre
Fantasie niemals hätte erfinden können und geleitet sie
an Plätze, die sie willentlich niemals gesucht,
geschweige denn gefunden hätten. Trägheit und
Schusseligkeit sind es oft, die ihnen die tollsten
Abenteuer und Verwicklungen bescheren. Auch sie sind
keineswegs zu bedauern. Schließlich schenkt ihnen der
Zufall ein Leben, das sie in dieser Farbigkeit und
Intensität aus eigenem Antrieb nie zustande gebracht
hätten. In zweierlei Hinsicht ein Leben am Rande der
Welt.

DAS LOS

Sie bot ihm weder Halt noch Erleichterung. Trotzdem klammerte er sich an die fast leere Literflasche, die wegen ihres erstklassigen Inhaltes ohne Etikett auskam. Fürsorglich hielt Rob seine andere Hand und redete beruhigend auf ihn ein: „Du stehst das durch, Junge! Gleich kommt er und reißt das Mistding heraus. Dann ist alles gut."

Ob es an seiner zahnlosen Mundhöhle lag oder daran, dass er aus Holland stammte, jedenfalls klang der Freund stets, als hätte er einen Löffel Suppe im Mund. Warum fiel Flocki das gerade jetzt, in dieser verzweifelten Situation auf? Er hätte es nicht sagen können und fast wäre ihm ein Lächeln gelungen. Aber der Schmerz war stärker.

Den winzigen Innenhof des Mietshauses zierte ein kleines, liebevoll gepflegtes Kräuterbeet in steinerner Umrandung. Zwischen Oregano, Petersilie, Cilantro und einem niedrigen Rosmarinstrauch lugte mit rot glänzender Mütze ein Gartenzwerg deutscher Prägung hervor. Tapfer, als befinde er sich im Kampf gegen den ihn umgebenden Dschungel, hielt er eine tönerne Heckenschere in den Händen. Flocki fehlte im Moment der Sinn für das in diesem grauen, heruntergekommenen Umfeld überraschende Stückchen heile Welt. Selbst die bunten, eigenartig geformten Skulpturen, die den Mini-Garten wie eine Bande ausgeflippter Dämonen zu umtanzen schienen, konnten sein Interesse nicht wecken. Verzweifelt saß er auf einem wackeligen Stuhl und hörte mit halbem Ohr auf die ermutigenden Worte seines Kumpanen. Mit geschlossenen Augen nahm er einen tiefen Zug Parra aus der Flasche und hielt sie dann Rob hin. Dass der eine Zweite im Rucksack hatte, gab ihm ein bisschen Sicherheit. Der schwarz gebrannte Tresterschnaps hatte ihm schon über manche Katastrophe hinweg geholfen und er hoffte, dass das auch dieses Mal funktionieren möge.

Gut zwanzig Jahre war es jetzt her, dass er Köln mit seinen aufgeregten Menschen, dem Dreck und dem ewig grauen Himmel hinter sich gelassen hatte. Zwanzig Jahre, vorwiegend an der Sonne, ohne Hektik und ohne den zermürbenden Trott eines geregelten Arbeitslebens hatte er hinter sich gebracht. Wie sich das schon anhört: „Arbeits*leben*". Flocki schüttelte sich: „Entweder – oder!"

Trotzdem war er, von Schmerzen geplagt hier im Hof von Luis sitzend, nicht glücklich. Regine hatte ihren Besuch angekündigt. Der Briefkontakt zu seiner Jugendliebe war ein letzter Draht in die alte Heimat. Natürlich hatte er ihr das Leben auf dieser Insel stets in den schillerndsten Farben geschildert. Eigentlich ging es ihm ja auch gar nicht schlecht. Aber wenn sie in ein paar Wochen hier auftauchen würde, wollte er ihr nicht mit den schwarzen, abgekauten Zahnstummeln begegnen, die noch vereinzelt in seinem Kiefer steckten und seit ein paar Tagen penetrant auf der Stelle traten.

Luis hatte eine diskrete Berühmtheit in der Herstellung von gutem und steuerfreiem Zahnersatz erlangt. Regines letzter Brief war der Anstoß für Flocki gewesen, den eigentlich als Bildhauer tätigen Künstler in dieser Angelegenheit zu konsultieren.

Wieso mussten ausgerechnet jetzt diese grässlichen Zahnschmerzen einen neuen Anlauf nehmen, ihn irre zu machen? Verzweifelt zog er die zweite Flasche aus dem Rucksack. Rob, selber nicht mehr ganz nüchtern, hob warnend die Augenbrauen, aber Flocki war sicher, zu wissen was er tat.

In einer Wolke von Terpentin oder anderen Lösemitteln kam der Künstler jetzt aus der Tür des Hinterhauses auf seine beiden Kunden zugerannt: „Tut mir Leid, ich hatte vorher noch was anderes zu tun. Wie kann ich Euch helfen?" Rob ergriff das Wort, weil Flocki die Flasche einfach nicht absetzen wollte: „Mein Kumpel hier braucht neue Zähne. Kannst Du ihm die machen? Und was wird das wohl kosten?" „Na, dann zeig mal her, wie es in Deinem Esszimmer ausschaut!" Mit den kräftigen Fingern, an denen Reste einer weißen, krümeligen Substanz klebten, umfasste er sanft den Unterkiefer des Patienten, um ihn aufzuklappen und einen Blick auf Flockis Gebiss zu werfen. Mit panisch geweiteten Augen stieß der einen machtvollen Schrei aus, während sein ganzer Körper sich unter dem Griff des Künstlers wand. Der schüttelte nur bedauernd den Kopf: „Da kann ich überhaupt nichts machen. Mindestens ein Zahn ist entzündet und muss raus. Die anderen sehen aber auch nicht gut aus. Geh erst mal zum Zahnarzt und lass das in Ordnung bringen, dann können wir weiter sehen."

Flockis Wimmern hätte einen Bronzeritter zum Weinen bringen können. 'Zahnarzt', das war ein Wort, das die erlesensten Qualen der Hölle versprach. Schon als Kind hatte er vor unaussprechlichem Schrecken eingenässt, wenn der Schulzahnarzt nur mal einen Blick auf sein Gebiss werfen wollte. Luis aber blieb hart: „Was soll ich machen, ich bin Künstler und kein Dentist. Lass Dir vom Fachmann helfen und komm dann wieder. Ich werde Dir einen guten Preis machen." Zumindest Rob hatte verstanden. Wie einem hinfälligen Greis griff er seinem Kumpel unter den Arm und führte ihn in Richtung Hofeinfahrt: „Danke, Luis, hasta luego!" Flockis Verstand aber hatte sich in einem Knoten aus

Panik, Schmerz und Suff verloren: „Kein Zahnarzt!",
schluchzte er kraftlos und verängstigt vor sich hin. Mit
beruhigenden Reden schleifte Rob ihn zum Bus.

Das Erwachen am nächsten Morgen hielt für Flocki
eine bisher ungekannte Qualität des Unwohlseins bereit:
Sein Kopf fühlte sich an wie in Glaswolle gewickelt, die
Knochen waren steif, wie eingefroren. Trotzdem schien
der Schweiß seinen Körper mit der sauer stinkenden
Kleidung verklebt zu haben. Der gewohnte Geschmack
von Fäulnis in seinem Mund hatte sich um eine seltsam
metallische Note bereichert und der Zahnschmerz hatte
nachgelassen. Jedenfalls war er nicht mehr so bohrend
wie am Vortag, eher ein dumpfes Tuckern. Beim
vorsichtigen Öffnen der Augen fiel ihm als erstes eine
am Boden liegende Schnapsflasche auf. Auch er selbst
lag offenbar ausgestreckt auf dem Teppich seines
Wohnzimmers. Sein Blick erfasste einige schwarzgraue
Dinge mit rötlich braunen Enden. Wie hingeworfen
verteilten sie sich auf einem feuchten Fleck direkt neben
seinem Gesicht. Daneben lag eine Wasserpumpenzange
mit blauen Griffen. Er schloss mehrmals die Augen, um
sie sofort wieder zu öffnen, aber das Bild, das sich seiner
trägen Wahrnehmung bot, änderte sich nicht. Prüfend
erforschte seine Zunge den geschwollenen Gaumen, der
sich fremd anfühlte. Auf dem Sofa schnarchte Rob, was
die Lunge hergab.

Es dauerte einige Stunden, bis die beiden Freunde
einen Zustand erreicht hatten, der es ihnen erlaubte, sich
auf der Straße zu zeigen. Nach Dusche, Frühstück und
Garderobenwechsel nahmen sie noch einen guten
Schluck Parra und ein Zigarillo, schwarz und in Ruhe
geraucht. Jetzt waren sie wieder fit für den Alltag. Wie
sein Kumpel Rob hatte Flocki jetzt gar keine Zähne
mehr.

Man kann sich die unterschiedlichsten Gründe vorstellen, warum Menschen freiwillig ihr Heimatland verlassen, um auf Dauer in einem anderen Teil der Welt zu leben. Einige etablieren sich in irgendwelchen Berufen, andere hauen ihre Erbschaft oder Rente auf den Kopf. Manche sind schnell wieder in der Heimat.

Zudem gibt es die Spezies der Hängengebliebenen: Irgendwann einmal hatten sie eine wunderbare Zeit in der neuen Umgebung, wo sie die Freiheit, das Wetter, die Natur und das Leben mit Ihresgleichen genossen. Nach und nach erwischte sie der Alltag auf dem fremden Terrain und dort kämpfen sie bis heute jeden Tag um die Mittel zum Bleiben. Noch immer fühlen sie sich besser, als jemals in der alten Heimat, aber leicht haben sie es nicht. Sie kennen und erkennen sich unter einander, haben ihre Kämpfe und Freundschaften und sind stets auf der Suche nach einem angenehmen, nicht zu schäbig bezahlten Job.

Mit der Zeit haben die Klugen unter ihnen universelle Fähigkeiten entwickelt und können auf dem Bau, in der Landwirtschaft, in Haus und Garten und vielen anderen Bereichen fast jede Arbeit übernehmen. Sie sind auch gern dazu bereit, wenn sich gerade nichts Besseres bietet.

Tankstellen, besonders im dörflichen Milieu, erfüllen oft eine erstaunliche soziale Funktion. Männer mittleren Alters oder etwas jünger mit sehr viel Zeit halten sich oft den ganzen Tag in ihrer Nähe auf. Dabei nutzen sie intensiv das Shopangebot an Kaffee und alkoholischen Getränken, auch wenn das teurer ist, als der Aufenthalt in einer Kneipe. Sie sind ohne Unterbrechung in Gespräche über wirklich alles verwickelt. Die Themen ihrer Diskussionen entnehmen sie den Schlagzeilen der ausliegenden Tagespresse, ihre Meinungen entstammen einer an Ort und Stelle gesammelten Lebenserfahrung oder der Freude am Absurden. Sie bilden die heimliche

Brutstätte der Volksmeinung. Besitzer von Fahrzeugen kommen in dieser Gruppe fast nie vor, eine gewisse Affinität zum Alkoholgenuss gehört allerdings dazu.

Auch unser Dorf hat eine Tankstelle. Sie befindet sich direkt am Ortseingang und verfügt sogar über ein richtiges Café, das bezeichnender Weise 'Die Zapfsäule' heißt. Das hier regelmäßig versammelte Publikum bringt alle Eigenheiten der oben genannten Spezies mit sich. Darüber hinaus fungiert dieser Ort als inoffizielles Arbeitsamt. Wer mal schnell eine Aushilfe im Haus, auf dem Bau oder in der Plantage braucht, kommt her und verhandelt mit den Leuten am Tresen oder auf den Stufen vor dem Café. Er wird finden, was er braucht.

Flocki und Rob hatten heute nicht vor, sich von irgend jemandem anheuern zu lassen. Was sie brauchten, war Gesellschaft und ein paar Drinks, die harmloser waren, als der gestrige Tresterfusel, aufgrund dessen ihre Gehirne sich immer noch leicht käsig anfühlten. Das übliche Tankstellenteam hockte bereits vollzählig am Tresen der 'Zapfsäule' und schimpfte über den kältesten Winter seit Jahren. Einige trugen sogar Strickjacken und fragten sich, warum sie eigentlich auf den Kanaren lebten: „Temperaturen im November, die kaum zwanzig Grad erreichen! Und da reden manche Leute von globaler Erwärmung." Die Stimmung war nicht gut an diesem kühlen Morgen.

Flocki hatte sich an den Tresen heran geschoben: „Zwei doppelte Café solo bitte!", und machte mit den Schultern Platz für sich und seinen Kumpel. Karli, der sich Carlos nannte, hatte ein gutes Gehör: „Was nuschelst Du denn so? Hascht Du heische Schuppe gegeschen und Dir die Schnautsche verschengt?"

Flocki reagierte nicht. Sein Blick hielt sich an der riesigen, von Chrom und Bratfett glänzenden Kaffeemaschine fest, als wäre dort gleich ein sensationelles Ereignis zu erwarten. Und tatsächlich: Mit der Dampfentwicklung einer Lok aus Kaisers Zeiten und ohrenbetäubendem Zischen und Grummeln gebar das Gerät zwei winzige Gläschen Kaffee. Schwungvoll knallte Esperanza, die spindeldürre Barkeeperin, die schwarze Brühe auf den Tresen. Ihre riesigen, dunklen Augen richteten sich dabei mitleidig auf Flocki: „Du siehst nicht gut aus, mein Freund, was ist los?" „Lass ihn, er hatte gestern einen schweren Tag!", mischte Rob sich ein, während Flocki stumm seinen Kaffee schlürfte.

„Wenn die Löcher in meinem Kiefer halbwegs verheilt sind, muss ich sofort zu Luis, am Besten noch diese Woche. Ich brauche neue Zähne, bevor Regine hier aufkreuzt. Verdammt noch mal! Und wovon soll ich die dann bezahlen?" Innerlich verfluchte er die Schlamperei der letzten Jahre. Ihr hatte er zu verdanken, dass er jetzt mit dem Maul eines hundertjährigen Penners herumlief. Er hatte immer genügend Geld verdient, wenn auch oft mit den eigenartigsten Jobs, um sich ein neues Gebiss zusammen zu sparen. Hatte er aber nicht gemacht! Die Welle aus Selbstvorwürfen und Reue, die sich über sein Bewusstsein zu ergießen drohte, rüttelte ihn schließlich wach: „Heulen hilft nix!", rief er sich zur Ordnung.

Sein Kaffee war inzwischen kalt geworden: „Mach mir mal 'nen großen Wodka und ein Glas Wasser!"

Sergio hatte sich vom Tresen gelöst und schlurfte mit einem schlanken Glas voll bunter Flüssigkeit zu den Beiden herüber. Mit dem gewaltigen Haumesser, das in hölzerner Scheide an seinem breiten Gürtel hing, in dem auch noch ein kleines, krummes Messerchen steckte, sah er aus wie ein schiffbrüchiger Pirat. Das struppige, schwarze Haar, im Nacken mit einem bunten Tuch zum Pferdeschwanz gebunden und die zerrissene, halblange Hose an den tiefbraunen Beinen verstärkten diesen Eindruck. Nur das ehemals weiße, weit offene Hemd wies ihn als Platanero aus: Die charakteristischen braunen Flecken vom Saft der Bananenpflanzen bildeten ein scheckiges Muster auf Brust und Rücken. Wer ihn kannte, der wusste, dass Sergio immer in diesem Outfit herumlief, ob er Arbeit in einer Pflanzung hatte oder gerade mal nicht. Seine goldenen Eckzähne blitzten zwischen Stumpen in allen Brauntönen hervor, als er sich zwischen Rob und Flocki schob: „Richtig! Trink mal was Gescheites! Was siehst Du so verknittert aus?" Dabei schlang er seinen linken Arm um Flockis Taille und zog ihn an sich, wie eine Braut: „Komm, wir rauchen eine!" Obwohl es in der 'Zapfsäule' sonst nicht übermäßig formell zuging, geraucht wurde nur draußen. So drängten kurz darauf fünf Männer ihre Hintern auf der steinernen Schwelle des Cafés zusammen, umgeben von einer Wolke, deren würziger Duft nicht allein vom Tabak zu kommen schien. Inzwischen hatte sich die Sonne über die Berge erhoben und den Grauschleier aus dem Tal vertrieben. Der Himmel erstrahlte in lichtem Blau und die Stimmung der Männer stieg mit der Temperatur.

Nur Flocki fiel es nicht leicht, den lockeren Sprüchen der anderen zu folgen. Der Wodka hatte nicht ausgereicht, die Taubheit aus seinem Mund zu vertreiben. Wie unter Zwang fuhr seine Zunge immer wieder über die leeren Kiefer und drückte sich in riesige Löcher mit weichen, schwammigen Rändern, die nach Blut schmeckten. „Mensch, Junge! Guck doch mal ein bisschen freundlicher in die Welt!". Sergio schien sich echte Sorgen um seinen zahnlosen Kumpel zu machen: „In ein paar Tagen hast Du Dich daran gewöhnt, auf den Felgen zu kauen. Hauptsache, das Trinken klappt noch ohne Probleme." „Ich kriege neue Zähne, soviel ist sicher, und zwar noch vor Weihnachten!" Flocki erhob sich von der Stufe, streckte seine Knie durch, wischte sich nachdenklich durch das Gesicht und sah ins Leere: „Fragt sich nur, wie ich sie bezahlen soll."

Im selben Moment, quasi wie bestellt, kam ein

kleiner, kugelförmiger Mann in gelbem Polohemd die Straße herunter. Seine braune Hose war etwas zu kurz geraten und ließ schreiend rote Socken sehen, die in grünen Sneakers steckten. Seine Ausstattung erinnerte an einen Busschaffner, seine Erscheinung war ein Stück Pop Art: Überall an seiner Kleidung waren Blocks mit allerlei Tickets befestigt, die wie bunte Fahrscheine aussahen. Die rechte Hand hielt ein Klemmbrett. Um den Hals baumelte an einem ledernen Riemen eine Art Registrierkasse mit Kartenlesegerät.

„Da kommt ja unsere Glücksfee!" Mit einem Fünf-Euro-Schein wedelnd sprang Sergio auf und dem Losverkäufer entgegen: „Gib mir mal zwei Rubbellose, aber dreh mir nicht wieder nur Nieten an!" „Du Geizhals! Was wunderst Du Dich, wenn Du für Deine paar Kröten nicht jedes Mal den Hauptpreis gewinnst? Nur wer wagt, gewinnt."

Juan, der Mann vom Lotto, zupfte mit spitzen Fingern zwei Tickets von einem Block und reichte sie seinem Kunden. Mit der freien Hand griff er sich Sergios Fünfer und kramte in seiner Umhängetasche nach Wechselgeld, wobei er mit gerecktem Hals den Kopf ins Dunkel der Bar schob: „Esperanza, mach mir mal 'nen Cortado!", und mit einem Grinsen zu Sergio: „Damit ich nicht meinen ganzen Umsatz mit nach Hause schleppen muss." Juans Spitzfindigkeit ignorierend kratzte der Angesprochene wie wild an seinen Losen herum, um sie dann mit theatralisch erhobenen Armen über seinem Kopf in tausend Fitzelchen zu zerreißen, die sich trudelnd auf dem Boden verteilten: „Lieber Gott, wieder mal hast Du eine Chance verpasst, Dich gnädig zu zeigen! Oder hat diese wandelnde Losbude mich schon wieder beschissen?" Dabei streckte er seine Hand nach Juan aus, um sich von der Türschwelle hochziehen zu lassen. Auch die anderen Männer standen nach einander auf, um sich wieder um den Tresen zu versammeln, wo das Mädchen ihre Bestellungen aufnahm. Nur Flocki stand weiterhin mit gerunzelter Stirn auf dem Gehweg. Sein Blick hatte sich zwischen Himmel und Bergen verloren. Der Eindruck geistiger Hochspannung umgab ihn, wie er stumm und starr dastand, der Situation entrückt.

„Komm rein, Junge! Ich geb' einen aus!" Sergio stand mit breitem Grinsen in der Tür: „Sonst werfe ich noch mein ganzes Geld unserer Glücksfee in den Hals!" Im Umdrehen ließ er seine Linke auf Juans Schulter krachen, dass der fast in die Knie ging: „Da investiere ich doch lieber in Nieten auf zwei Beinen, als in Deine bunten Zettelchen." Flocki reagierte nicht direkt. Als käme sein Bewusstsein aus weiter Ferne zurück und hätte von dort einen Witz mitgebracht, klärte sich sein Blick, seine Haltung wurde locker und plötzlich stand ein strahlendes Lächeln in seinem Gesicht: „Lottomann, heute ist Dein Glückstag!"

Zwischen Zeige- und Mittelfinger der rechten Hand klemmten plötzlich zwei Fünfziger. Mit Schwung und großer Geste wedelte Flocki mit ihnen unter der Nase des Losverkäufers herum: „Hier ist meine letzte Kohle! Ich vertraue sie Dir an, Amigo und hoffe, Du zeigst Dich der Verantwortung würdig. Was kannst Du mir dafür anbieten?" Der Zeigefinger seiner Linken bohrte sich dabei in Juans Kugelbauch: „Und komme mir nicht mit Rubbellosen! Ich gebe mein Letztes und will den ganz dicken Fisch!"

Verwirrt schielte Juan auf die braunen Scheine in Flockis Hand. Seit vielen Jahren verkaufte er Lose auf der Straße, in Kneipen, auf Fiestas und wo auch immer mehrere Leute auf einem Haufen zu treffen waren. Das Geschäft hatte ihn nicht reich gemacht, aber es lief ganz gut. Schließlich kann jeder sein bisschen Extraglück gebrauchen und für manchen sind ein paar Euro mehr schon ein ordentlicher Batzen Glück. Über fünf oder vielleicht auch einmal zehn Euro ging der Einsatz seiner Kunden aber selten hinaus. Schließlich ist unser Dorf nicht gerade für seine Schönen und Reichen bekannt.

„Das ganze Geld willst Du anlegen?" Juan staunte und wollte es nicht glauben: „Du hast doch nicht etwa im Lotto gewonnen?" „Bisher nicht!" Flockis Stirn warf tiefe Falten, sein Blick wurde starr, als er sich in den des Losverkäufers bohrte. Der allgemeine Geräuschpegel hatte bisher verhindert, dass die übrigen Gäste mitbekamen, was zwischen Juan und Flocki vorging. Irgendwie umgab die Beiden aber plötzlich eine Aura massiver Ernsthaftigkeit, eine Stimmung, die alle Aufmerksamkeit ansog. Es wurde still in der Bar: „ Aber genau das ist es, was ich vorhabe!"

„Mach keinen Fehler!" Sergios ausgestreckte Hand wies mit theatralischer Geste auf das Regal hinterm Tresen: „Investiere lieber in Rum, der bringt sicher 56 Prozent!" Mit einem leichten Klaps auf den Hinterkopf des Lottomannes setzte er grinsend hinzu: „Und die Zuneigung Deiner Kameraden." Fünf Finger und sein Daumen signalisierten dem Mädel an der Bar: „Eine Runde Rum bitte!", während Sergios Nicken zu Flocki den Hinweis gab, auf wessen Rechnung der Schnaps zu gehen hatte. Der hatte derweil den Losverkäufer nicht aus den Augen gelassen. Die beiden Fünfziger lagen nun auf dem Tresen. Verlegen wanderte Juans Blick über die verschiedenen Losblöcke auf seiner Brust und folgte unsicher seinen Fingern, die fahrig von Stapel zu Stapel flogen: „Ein halbes Los für die Weihnachtslotterie kriegst Du dafür. El Gordo, die dicksten Gewinne der Welt sind da drin." „Ein halbes Los? Und das für so viel Geld? Du hast sie ja wohl nicht alle!" „Die meisten Leute kaufen nur ein Zehntel auf einmal. Da bist Du mit einem halben Los schon ganz gut dabei. Mit der richtigen Nummer kriegst Du dafür mindestens zwei Millionen Euro!" Selbstbewusst riss er ein Blöckchen von seiner Brust und hielt es seinem Gegenüber unter die Nase: „Und ich habe hier noch ein paar wirklich gute Nummern!" Inzwischen hatte sich Karli, genannt 'Carlos', am Tresen entlang gehangelt und stand plötzlich mit hoch gerecktem Kopf direkt vor Flocki, der jetzt grübelnd auf sein Geld starrte: „Das glaubst Du doch wohl nicht, dass Du Dich hier allein zum Millionär hochwetten kannst! Hier gibt es noch ein paar Leute, die auch lieber reich wären!" Entschlossen stieß sein Arm in die Luft. Ein Geldschein klemmte zwischen den Fingern: „Ich bin mit zwanzig Euro dabei!" Auffordernd sah er in die Runde. Unruhe kam auf und am Ende hatte Juan ein ganzes Los der Weihnachtslotterie an fünf Teilhaber verkauft.

Flocki war ganz zufrieden mit diesem Deal. Schließlich konnte er auf diese Weise sechzig von seinen hundert Euro behalten. Er und seine vier Kumpane waren jetzt gleichmäßig, mit je vierzig Euro Einsatz, an der Chance auf mindestens vier Millionen Euro beteiligt. Am 22. Dezember würde jeder von ihnen vielleicht um achthunderttausend Euro reicher sein. Grund genug für noch ein paar Runden unter Freunden, beziehungsweise Geschäftspartnern.

Die Euphorie war bald verflogen und die nächsten Wochen verliefen unaufgeregt und gleichmäßig. Das Los unserer Freunde hing, mit einer Heftzwecke befestigt, an der Wand hinterm Tresen der 'Zapfsäule'. Nur selten sah noch einer zu ihm auf oder machte eine Bemerkung über den möglichen Gewinn. Man war realistisch und wusste genug über Mathematik und das Leben, um sich keine allzu großen Hoffnungen zu machen. Nur in Flockis Bewusstsein bohrte wie ein Wurm die Begehrlichkeit. Sein Kiefer war bald verheilt, und er hätte so gern eine neue, weiß blitzende Kauleiste gehabt. Aber der Arbeitsmarkt war flau so kurz vor Weihnachten. Keine Chance, den nötigen Zahnersatz zu finanzieren. Ein Lottogewinn wäre ihm da schon mehr als gelegen gekommen. Aber auch er hatte das Los bald vergessen. Man traf sich wie schon immer an der Bar, wo man über Fußball und Politik stritt, kleine Jobs annahm oder vermittelte, das Weltgeschehen unter die Lupe nahm und sich gemeinsam vom Canarian way of life erholte.

Natürlich spielte sich nicht das ganze Leben in der Bar ab. So kam es zuweilen vor, dass einer der Jungs für einen oder zwei Tage dort gar nicht gesehen wurde. Mal gab es Arbeit, mal Feste, auch auswärts. Rob und Flocki liebten einsame Strände, die sie oft für einen oder zwei Tage zum Fischen besuchten, wobei sie im Schlafsack übernachteten und sich weitgehend von ihrem Fang und mitgebrachten Getränken ernährten. So war es eigentlich ein erstaunlicher Zufall, dass sich am Morgen des 22. Dezember die Truppe vollzählig um den Tresen der 'Zapfsäule' versammelt hatte. Man tat, was man dort immer tat. Im Hintergrund brachte der Fernseher eine dieser blödsinnigen Reality-Shows im Stil von „Der Dackel meiner Nachbarin pinkelt immer an meinen Gartenzaun" mit Stellungnahmen von Pfarrern, Juristen, Politikern und Pop-Stars. Diese Art der Bespaßung ist unvermeidlich, wo mehrere Spanier sich in einem Raum befinden, obwohl nie einer hinschaut.

So war es auch heute, bis Esperanza, die schwarzäugige Hungerkünstlerin hinterm Tresen, plötzlich den Ton der Kiste lauter drehte. Ein pompöser Vorspann flimmerte mit Gedröhn über den Schirm: *Loterías y Apuestas del Estado.* Ein Kinderchor sang und es begann, anscheinend völlig unerwartet, das Ereignis des Jahres: Die Ziehung der Weihnachtslotterie: *Sorteo de Navidad.* Die Jungs an der Bar ließen sich durch den erhöhten Geräuschpegel nicht stören. Jedenfalls war ihnen kaum etwas anzumerken. Hier und da ein kurzer Blick zum Bildschirm, eine gerunzelte

Stirn, wenn wieder mal neue Nummern gesungen wurden, die aus der Lostrommel gefallen waren. Dann folgte ein Spruch übers Wetter und ein demonstrativer Blick ins Glas, zur Keeperin oder zum Nachbarn. Ganz klar: Hier interessierte sich kein Mensch für die Gewinnzahlen. Nur die letzten Naivlinge können auf einen Lottogewinn hoffen. Und hier war niemand naiv.

Auch Flocki erzählte ungerührt von einer Angeltour mit seinem Kumpel Rob, bei der sie wie durch ein Wunder bis in die Nacht wirklich überhaupt nichts gefangen hatten. Schließlich mussten sie bei rauher See mit dem Taschenmesser widerspenstige Napfschnecken von wild umspülten Felsen kratzen, um wenigstens eine bescheidene Unterlage für den Parra zu ergattern, der ihnen das Einschlafen am steinigen Ufer erleichtern sollte.

Eigenartigerweise schien der Erzähler seit Neuestem unter einer Sehstörung zu leiden, denn sein rechtes Auge glitt immer wieder nach rechts, als wolle es dem Geschehen auf dem Bildschirm folgen. Es war dann aber Sergio, der Platanero im Piratenoutfit, der plötzlich ganz leise und mit belegter Stimme, so als hätte er Knäckebrot in der Kehle, auf die Wand zeigte: „Esperanza... Das Los!" Dabei schrieb er eine fünfstellige Zahl auf den Bierdeckel vor sich. Die Zahl, die gerade, von dem Kinderchor gesungen, aus der Glotze dröhnte.

Dann verschmolzen Fernsehprogramm und Kneipe schlagartig zu einem grandiosen Tumult. Der Hauptpreis -*El Gordo*- war gezogen. Und er fiel auf die Nummer : 03654. Sergio krächzte die Ziffern mit dickem Hals und rotem Gesicht in den Raum: „Null, Drei, Sechs, Fünf", dann entlud sich der Chor der übrigen Tresenhocker wie ein Schrei: „Viieer!", wobei Sergio den Losbogen aus Esperanzas Händen riss und ausgelassen damit in der Luft herumwedelte. Vier Arme streckten sich nach dem

Los, wollten es berühren, fühlen, an sich reißen.

„Ruhe! Seid doch mal ruhig!" Rob klopfte dem wild herum springenden Sergio auf den Arm: „Zeig mal her das Ding! Das kann doch nicht sein!" Esperanza hatte als erfahrene Barfrau inzwischen etwas größere Gläser auf dem Tresen verteilt und großzügig mit Rum gefüllt. Gleichzeitig deponierte sie eine Flasche Fruchtsaft auf der Theke, von dem sie auch sich einen guten Schluck eingoss. Das Los lag jetzt, von vielen Händen gehalten, auf dem Tresen. Im Fernsehen wurde zum x-ten Male die Nummer des Hauptgewinnes gesungen und als Laufschrift eingeblendet. Kein Zweifel! Die Ziffern lauteten: „Null, Drei, Sechs, Fünf, Vier". Und so standen sie auch auf dem Los der Fünf von der Tankstelle!

Vom übrigen Verlauf dieses Tages ist nicht viel überliefert, da Zeugen wie Beteiligte nachher über erhebliche Gedächtnislücken klagten. Esperanza hatte treuhänderisch die Aufsicht über das Los übernommen, das jetzt im Bankschließfach der 'Zapfsäule' seiner Einlösung harrte. Die darauf folgende Feier hat den Weg in die Annalen des Dorfes gefunden. Besonderen Eindruck machte zum Beispiel Sergios Rundfahrt durch das Dorf. Auf einer Schubkarre kniend und mit herabgelassenen Hosen bot er dabei höflichst allen vorbeikommenden Passanten an, ihn doch einmal zu küssen, und zwar an der Rückseite. Rob, der die Ehre des Karrenschiebers hatte, war zu diesem Zeitpunkt bereits von einer fatalen Störung des Gleichgewichts betroffen, so dass die Runde eine ganze Weile in Anspruch nahm. Gut, dass die übrigen Lottogewinner die Zwei auf ihrer Tour begleiteten und unter Anfeuerungsrufen den Hauptakteur immer wieder auf die Karre hieven konnten, wenn er dieselbe in einer unvorhergesehenen Kurve verlassen hatte. Sehr schnell erreichte dieser Umzug die Teilnehmerzahl einer mittelheiligen Prozession und irgendwie gelang auch das

Wunder, Teilnehmer wie Umstehende ausreichend mit Getränken zu versorgen, sei es auch auf Kredit.

So hatte die Nachricht vom Glück unserer Freunde bald das ganze Dorf erfasst. Und solange die Fünf so freigiebig bleiben würden, wie am ersten Tag, würde sie auch niemand um ihren Gewinn beneiden.

Noch nicht am folgenden Tag, der dem exzessiven Verzehr von sauer eingelegten Boquerones vorbehalten blieb, aber schon bald darauf wurden die glücklichen Gewinner schließlich von den Unbequemlichkeiten eingeholt, die plötzlicher Reichtum so mit sich bringt. Statt am Tresen hockten die fünf Freunde in einer stickigen Kammer hinter der 'Zapfsäule'. Fast im Minutentakt kam Esperanza mit einem Tablett herein und tauschte leere Kaffeegläser gegen volle aus. Karli, genannt 'Carlos', hatte den Auftrag erhalten, ein Konto zur einstweiligen Lagerung der Millionen zu eröffnen. Sergio hatte das Wort: „Klar, dass wir die Kohle erst mal auf ein gemeinsames Konto schicken lassen. Wenigstens, bis entschieden ist, was wir überhaupt damit anfangen. Mann! Soviel Geld! Was machen wir bloß damit?" „Weiß ich auch nicht, aber erst mal brauche ich ein paar Tausender für neue Zähne, und zwar bald!" Flocki strahlte. Am Horizont sah er die Lösung seines einzigen Problems. Das machte ihn glücklich. Alles Weitere würde man sehen. Rob saß mit glänzenden Augen in der Runde. Der Kaffee vor ihm war schon lange kalt und sein entrückter Blick schien einer Gruppe kleiner Engelchen zu folgen, die Hand in Hand einen Reigen um seinen Kopf tanzten. Walter, der fünfte Gewinner, eine Kante von hundertvierzig Kilo auf einen Meter neunzig, tat, was er immer tat: dasitzen und schweigen. Umso unruhiger rutschte Sergio auf seinem Stuhl herum: „Also gut! Jeder kriegt erst mal.....". Mit geschlossenen Augen brummte er leise etwas Unverständliches vor sich hin. Dann, als hätte er gerade ein schweres Rechenproblem gelöst: „Sagen wir, na ja, Zehntausend. Das wird für die ersten Auslagen reichen. Über den Rest müssen wir aber gründlich nachdenken! Vier Millionen!" Wie er die Zahl aussprach, klang es wie eine Katastrophenmeldung: „Mit so viel Geld kann man eine Menge Unsinn machen." Sein Gesicht legte sich in betrübte Falten. „Stimmt!", zäh und in grüblerischem Tonfall kam es aus den Tiefen von Walters gewaltigem Brustkorb wie entferntes Donnern: „heikle Sache, das!" Karli nickte dazu und sah aus, als wäre gerade ein Riesenproblem vor ihm aufgetaucht, das nur mit viel Glück und Mühe zu überstehen wäre: „Hoffentlich geht das gut!" Das war zu viel für Flocki: „Jetzt tut doch mal nicht so, als säßen wir bis zum Hals im Dreck! Wir sind wahre Glückspilze und Ihr hockt hier herum, als wäre das hier unsere eigene Beerdigung. Wir haben gewonnen! Macht Euch das mal klar! Genießt es! Freut Euch! Blödmänner, die Ihr seid!" Betretene Blicke wurden getauscht. Nur Rob schwebte immer noch in höheren Sphären, bis Flocki ihm einen kräftigen Schubs verpasste: „He, Rob! Bist Du auch unglücklich, weil Deine Geldsorgen Dich verlassen haben? Sag doch mal was!"

In diesem Moment steckte Esperanza den Kopf durch die Tür und Robs Blick wurde klar: „Ich hab' jetzt Bock auf Sekt!", verkündete er mit seligem Lächeln: „Esperanza, bring uns bitte eine Pulle von dem Zeug!" Dabei ignorierte er die betretenen Gesichter in der Runde: „Wer trinkt ein Glas mit?"

Nach und nach wurde die Stimmung lockerer. Schnell einigte man sich auf Sergios Vorschlag, die zehntausend Euro für jeden betreffend. Karli würde das Geld am nächsten Tag mitbringen und in der Bar verteilen, nach der Eröffnung des gemeinsamen Kontos. Das Los sollte der Bank als Garantie reichen. Sergio schloss den offiziellen Teil der Sitzung mit den Worten:

„Um alles Weitere kümmern wir uns nächsten Montag. Bis dahin soll jeder darüber nachdenken, was aus der Kohle werden soll."

Der Abend wurde nicht mehr besonders kurzweilig. Früher als gewöhnlich zerstreute sich die Gruppe und jeder ging seiner Wege.

Drei Wochen später. Weihnachten war vorbei und das neue Jahr hatte einen ausgezeichneten Start mit herrlichem Wetter hingelegt. Wie ausgeschnitten wirkten die Konturen der Bergkämme vor strahlend blauem Himmel, an dem sich nur vereinzelt, wie Zierrat, kleine weiße Wölkchen zeigten. Auch das Meer lag da wie ein gigantischer Badesee und reflektierte, durch sanfte Wellen tausendfach gebrochen, die Farbe des Himmels. Die Hügel zeigten ihr saftigstes Grün und bereits erste Blütenteppiche, während die Menschen in sommerlicher Kleidung den zeitigen Frühling genossen.

Auch Flocki hätte es nicht besser gehen können. Seit ein paar Tagen trug er ein permanentes Lächeln im Gesicht. Strahlend weiß und von perfektem Ebenmaß erfreuten die neuen Zähne jeden, der sie betrachten durfte. Auch der kleine Smaragd, der in sattem Grün von seinem rechten Eckzahn blitzte, war ein Beweis für Luis' handwerkliche Meisterschaft. Regine, Flockis alte Liebe aus der Heimat, war inzwischen eingetroffen. Er trug sie auf Händen und zu ihrer eigenen Überraschung war sie überwältigt von seiner Generosität in Gelddingen, seinem sorglosen Lebenswandel und der blendenden Gesundheit, die in überragender körperlicher Leistungskraft und Ausdauer ihren Ausdruck fand. Vor ihrer Ankunft hatte sie arge Zweifel gehabt, ob es dem alten Freund wirklich so gut ginge, wie er in seinen Briefen immer behauptet hatte. Jetzt dachte sie ernsthaft darüber nach, einfach hier bei ihm zu bleiben. Dabei hatte Flocki Regine von seinem Lottogewinn noch gar nichts erzählt. Karli hatte ebenfalls den Vorschuss auf seinen Gewinn sinnvoll angelegt. Mit dem neuen Moped, einer blauen Honda Dax, war er jetzt ständig auf Achse und kaum noch dazu zu bewegen, mal ein paar Meter zu Fuß zu gehen. Auch seine neue Angelausrüstung kündete von Wohlstand. Wegen ihres Umfanges dachte er darüber nach, sich einen Hänger für die Dax zuzulegen.

Sergio trug sein Haumesser jetzt statt in der alten hölzernen Hülle in einer Scheide aus feinstem Leder mit geprägten Ornamenten und an einem kunstvoll beschlagenen Gürtel. Dazu trug er Stiefel mit Schäften aus Ziegenleder, weich wie Handschuhe, maßgefertigt vom Schuster in Valle Gran Rey.

Walter freute sich seit Wochen auf eine neue Küche, die er im Internet bestellt hatte. Noch wusste er nicht, wie lange er sich darauf freuen dürfe, bis sie tatsächlich geliefert würde. Rob, Flockis bester Kumpel, trug seine Zehntausend stets in einem Brustbeutel mit sich herum. Er wartete auf den Moment, da sein Mut reichen würde, sich auch so schöne Zähne machen zu lassen, wie sie sein Freund neuerdings mit Begeisterung zur Schau stellte.

Den Lottokönigen ging es bestens und niemand schien großen Druck zu verspüren, an die Anlage der restlichen Drei Millionen Neunhundertfünfzigtausend Euro zu denken. Schließlich war das Leben auch so schon aufregend genug. So hatte es keinen bestimmten Grund, dass eines schönen Sonntagmorgens unsere Freunde vollzählig am Tresen der 'Zapfsäule' hockten. Eine ganze Weile redeten sie so über dies und das, wobei sie das Thema 'Geld' sorgfältig ausließen. Dabei trat eine leichte Unruhe auf. So, als schwebe ein Problem im Raume, das man besser umgehe, da die Lösung nur neue Schwierigkeiten bringen könne. Als Rob jedoch seinem Freund Flocki zum hundertsten Male zum gelungenen neuen Gebiss gratulierte, drängte sich das Thema 'Gewinn' natürlich auf und es gab kein Entkommen mehr. „Wir sollten die Kohle einfach aufteilen, dann kann jeder damit machen, was er will.", Sergio fühlte sich sichtlich unwohl mit seinem Vorschlag und war eigentlich froh über Karlis heftige Reaktion: „Das meinst Du doch nicht ernst! Fast vier Millionen haben wir noch. Damit kann man was ganz Großes anstellen! Die darf man doch nicht verteilen und stückweise auf den Kopf hauen. Das ist Sünde!"

Auch Rob bekam es mit der Angst zu tun: „Ihr wollt mich doch nicht mit einer dreiviertel Million Euro allein lassen? Ich dachte, Ihr seid meine Freunde!" „Vielleicht sollten wir zusammen eine Firma gründen!" Walter klang nicht wirklich sicher, als er seine Idee vortrug: „Eine Kneipe mit Restaurant oder so." „So ein Blödsinn!" Flocki hielt es nicht auf seinem Barhocker. Vor Empörung bebend stand er vor Walter, der ihn sitzend überragte und mit verlegenem Blick auf ihn heruntersah: „Kneipen aufmachen. Alle Deppen, die sich im Ausland niederlassen, wollen eine Scheiß-Kneipe aufmachen! Die meisten landen am Ende *vor* dem Tresen statt dahinter. Als Dauersäufer. Was fehlt hier denn für eine Kneipe? Was meinst Du? Vielleicht ein Deutsches Spezialitätenrestaurant mit Weißbier und Döner? Oder willst Du hier Currywurst mit Pommes Schranke verkaufen? Ich sage Dir was hier für eine Kneipe fehlt: Hier fehlt eine Kneipe, die jeden Abend voll ist, damit der Wirt ordentlich davon leben kann! Und warum gibt es hier keine Kneipe, die jeden Abend voll ist? Weil hier zu viele Irre herumlaufen, die glauben, unbedingt ihre eigene Kneipe haben zu müssen, statt sich wenigstens manchmal in einem der vorhandenen Läden ein paar Bierchen zu leisten." „Ist ja schon gut... War ja nur mal so eine Idee." Beruhigend wuselte Walters Pranke durch Flockis Haar, das vor lauter Rage wie ein Mopp in alle Richtungen stand.

„Scheiß-Idee!" Nur langsam nahm Flocki wieder eine normale Hautfarbe an. „Irgendwas muss jedenfalls mit der Kohle passieren, und zwar bald!" Seit er das gemeinsame Konto eröffnet hatte, war Karli so etwas wie der Geschäftsführer der Gewinngemeinschaft: „Der Jaime von der Bank geht mir schon die ganze Zeit auf den Wecker. *Geld, das nicht arbeitet, verliert jeden Tag an Wert*', erzählt er mir, sobald er mich zu fassen kriegt. Dann schwärmt er mir was von *Rekordzinsen*' und *Anlagestrategien*' vor. Der sitzt mir dauernd auf den Fersen und will einen Termin mit Euch." „Hast Du schon mal Geld arbeiten gesehen?", Flocki regte sich schon wieder auf: „dann drück doch mal einem Hunderter eine Hacke in die Hand! So ein Scheiß! Bankster arbeiten, und zwar daran, uns das Fell über die Ohren zu ziehen! Geld arbeitet definitiv nicht und mein Geld braucht das auch nicht. In meinem Haushalt erledige *ich* das mit dem Arbeiten! Oder?" Ein breites, schneeweißes Grinsen mit einem blitzenden, grünen Funkeln ging in die Runde: „Und Geld halte ich mir zum Vergnügen."

„Aber was soll denn nun werden?", Rob klang fast ein bisschen quengelig. "wir können das schöne Geld doch nicht einfach auf der Bank verschimmeln lassen." Auch Walter wirkte nicht glücklich: „So ein Gewinn ist doch ein Wink des Schicksals. Eine einmalige Chance! Und was machen wir? Wir drücken uns darum herum, sie zu nutzen, weil wir uns zu nichts entscheiden können." „Dabei würde die Bank uns so gerne helfen.", warf Karli dazwischen. Flocki hielt den Mund ausnahmsweise geschlossen. Seine Augen bildeten kleine Schlitze unter zusammengezogenen Brauen. Kam das vom angestrengten Denken oder war er einfach nur genervt? Ein Wink ging in Richtung Esperanza, die schon seit einer Weile mit gespitzten Ohren an der gigantischen Kaffeemaschine herumputzte: „Mädchen, mach uns doch mal eine Runde Parra klar! Wir stecken hier anscheinend in Schwierigkeiten, die Andere auch gerne hätten. Vielleicht hilft da was Krampflösendes."

Dann ließ er sich vom Hocker rutschen. Mit zwei Schritten stand er am Kopfende des Tresens und baute sich zu voller Größe auf: „Was jammert Ihr eigentlich hier herum? Wieso freut Ihr Euch nicht einfach über unseren Gewinn? Jeder hier", dabei warf er einen fragenden Blick zu Rob herüber: „oder *fast* jeder hat sich bereits einen Wunsch erfüllt, der sonst nur Wunsch geblieben wäre. Dabei haben wir an unserem Riesenberg Kohle nur mal ein bisschen gekratzt! Wieso habt Ihr Angst, dass sich das Geld nicht ausreichend vermehrt, wenn Ihr noch nicht mal wisst, was wir mit dem vorhandenen anstellen sollen?"

Der Schnaps stand auf dem Tresen. Auch Esperanza hielt ein generös gefülltes Kaffeeglas des harten Stoffes in der Hand. Ihre Augen wirkten wie schwarze Löcher, die alles aufsogen, was sich um sie herum bewegte. Die Nikotinzähne reflektierten das Kneipenlicht zwischen schmalen, rot bemalten Lippen. Die Erwartung von etwas Sensationellem bestimmte ihr Gesicht, ihre Körperhaltung. Die Keeperin litt mit ihren Gästen. Sie fühlte, dass eine wichtige Entscheidung in der Luft hing. Flocki griff zum Glas, hob es an und bewegte es in alle Richtungen wie einen Abendmahlskelch: „Salud! Und jetzt will ich von diesem ganzen Mist nichts mehr hören! Oder hat hier jemand eine vernünftige Idee, was wir mit unserem Gewinn anstellen können? Und komme mir keiner mit Zinsen, Erträgen und anderem Scheiß!"

Brav gossen die Kumpels ihren Schnaps hinunter, sahen betreten in die Runde und sagten erst mal nichts. Nur Esperanza stellte ihr Glas wieder ab. Die Sensation war ausgeblieben und damit der Grund, sich das grausige Zeug in den Hals zu kippen. Fünf Köpfe grübelten sichtbar betreten vor sich hin. Bleiernes

Schweigen füllte den Raum, bis Esperanza die Musikanlage einschaltete. „*I've got no expectations...*" Mick Jagger fand den passenden Ton zur miesen Stimmung. Walter hielt es nicht mehr aus und kam auf sein Lieblingsthema zurück: „Wenn uns das viele Geld schon jetzt die Laune verdirbt, müssen wir über Geschäfte und so'n Zeug wirklich nicht nachdenken. Aber so ein Gewinn ist nun mal etwas Einmaliges, ein Riesenglück! Da muss man doch schon aus Dankbarkeit was Einmaliges draus machen! Etwas, was sonst nicht möglich wäre." In einer hilflosen Geste warf er die Arme in die Höhe und ließ sie dann auf seine Oberschenkel klatschen: „Irgend eine verrückte Sache, die uns und anderen Spaß macht oder so!" Die Anstrengung und Frustration ergebnisloser Überlegung stand in Walters Gesicht geschrieben. Keiner sagte etwas. Aus dem MP3-Spieler klangen immer noch die Stones.

Mit trägen Bewegungen schob sich jetzt Sergio vom Hocker, schlurfte zu Walter, legte einen Arm um dessen Schultern und zog ihn zu sich heran: „Stimmt alles, was Du sagst. Und ich sag Dir noch was." Dabei hob er Kopf und Stimme: „Wir machen etwas Unerhörtes mit unserer Kohle. Etwas nie Dagewesenes. Hier in diesem Kaff, das durch uns und mit uns weltbekannt wird. Wir machen das Unmögliche wahr, wie wir es schon durch unseren Gewinn getan haben." Aller Augen richteten sich auf Sergio, der jetzt in der Mitte der Bar stand. Sein neues Outfit, das an einen Trapper von J. F. Cooper erinnerte, gab ihm etwas Abenteuerliches. Wie er so dastand und jedem seiner Kumpels einzeln in die Augen sah, strahlte er Entschlusskraft und Bedeutung aus. Unwillkürlich wanderte Esperanzas Hand zu dem Schnapsglas, das sie vorhin verschmäht hatte. Jetzt war die Sensation ganz nahe. Sie spürte es und hielt den Atem an. Auf Sergios Gesicht machte sich ein Grinsen breit, in dem sich Zufriedenheit und Wahnsinn zu paaren schienen:

„Dieses Dorf kriegt ein Geschenk von uns, das unserer Großzügigkeit würdig ist. Dieses Dorf braucht mehr Kultur! Es braucht Spaß! Es braucht Rock 'n' Roll und internationales Flair. **Dieses Dorf braucht die Rolling Stones!** Wir veranstalten das kanarische Woodstock. **Das Gratis – Open – Air – Konzert des Jahrhunderts.** Und wir holen die Stones!"

Mit tränenden Augen schniefte Esperanza in eine Serviette. Parra war aus ihrer Nase geschossen beim missglückten Versuch, Trinken und Lachen miteinander zu verbinden. Die versammelten Lottokönige starrten sprachlos auf ihren Kumpanen. Der war von seiner beherzten Rede selbst verblüfft und stand reglos inmitten der Kneipe. Flocki fand als Erster seine Fassung wieder: „Und wer soll diesen Blödsinn organisieren?"

Die Sitzung dauerte noch lange. Von Ablehnung und purer Ironie bewegte sich die folgende Debatte über zweifelnde Zustimmung bis – aber da war der Abend schon spät – hin zu euphorischer Begeisterung. Rob erkannte wahrscheinlich als erster, dass Sergios Idee der Schlüssel zum Glück war: Das Konto war für einen eindeutigen Zweck bestimmt! Banken sowie Berater und Schnorrer aller Art konnte man mit dem Hinweis auf die bevorstehende Sensation abweisen. Das Geld musste ja jederzeit verfügbar sein. Und wie und wann man tatsächlich darüber verfügte, das würde man dann schon sehen. Außerdem wäre so ein Konzert ja wirklich eine tolle Sache und - wer weiß – vielleicht war es ja gar nicht unmöglich, es tatsächlich stattfinden zu lassen.

Karli, zufälliger Geschäftsführer des Unternehmens, bekam den Etat für einen eigenen Computer, um die Adressen von Management und Mitgliedern der Band und anderer Größen des Rock 'n' Roll zu erforschen und den Kontakt aufzunehmen. Sergio als Einheimischer des Dorfes sollte zusammen mit Flocki nach einem geeigneten Gelände Ausschau halten und die Gespräche mit örtlichen Behörden führen. Alles Weitere würde sich im Laufe der Zeit ergeben.

Der Abend endete in bester Stimmung. Die Männer hatten das Gefühl, eine schwere Last abgeworfen zu haben. Endlich konnten sie wieder befreit in eine Zukunft blicken, die im Großen und Ganzen der Vergangenheit glich. Nichts und niemand konnte ihnen ihren Frieden nehmen. Der gewohnte Alltag mit seinen kleinen Ereignissen und Abenteuern würde bleiben, ungestört von plötzlichem Reichtum. Trotzdem hatten sie eine gemeinsame Aufgabe, die zumindest für gelegentliche Abwechslung bei ihren Gesprächen sorgte.

Zwei Jahre liegt der Lottogewinn unserer Freunde jetzt zurück, aber das Thema 'Stones' ist nach wie vor aktuell. „Dieser Mick Jagger ist ein Blutsauger! Was der für Forderungen stellt, ich glaube der will gar nicht kommen!"

Karli war sauer. Flocki lachte: „Der alte Sack soll doch froh sein, dass er hier noch mal an die Luft darf bevor er ins Gras beißt." „Schreib doch mal an Keith Richard, der soll ja umgänglicher sein", warf Sergio ein: „Esperanza, mach uns noch mal eine Runde fertig!"

ENDE

2 GERETTET

Roswitha war immer noch untröstlich. Stumm und verschämt saß sie auf der Terrasse ihrer Ferienwohnung, trank Weißwein mit Wasser und knetete ihr Taschentuch mit der linken Hand zu einem feuchten Knubbel: „Was das wohl kosten wird? Die sollen ja Tausende Euros verlangen." Auch Erwin war nicht gerade bester Laune. Brummend kratzte er auf seinem Tablet herum, bis er das Gesuchte gefunden hatte. Ein unglücklicher Blick suchte seine verzweifelte Gattin und wechselte dann zum Computer. Seine Stimme hörte sich an, als habe er Zwieback in der Kehle, als er laut vorlas:

Gomera Noticias, 11. November 2015
**Am gestrigen Nachmittag gegen 16 Uhr wurde
an der Steilwand unterhalb des
„Mirador de Abrante" bei starkem Wind ein
gefährlicher Einsatz des Rettungshubschraubers
notwendig. Ein älterer Tourist aus Deutschland
hatte sich dort so verstiegen, dass er sich weder
aus eigener Kraft noch mit Hilfe erfahrener
Bergsteiger in Sicherheit bringen konnte.
Als Begründung für seinen Leichtsinn gab der
Mann an: „Der Strohhut meiner Frau ist
noch ganz neu! Den muss ich doch retten!"**

„Weißt Du, was so ein alberner Strohhut kostet? Ist Dir schon mal aufgefallen, dass man diese Dinger mit einer Schnur unter dem Kinn befestigen kann? Kannst Du mir vielleicht erklären, wozu man so einen Scheißhut überhaupt braucht, wenn der Himmel tiefgrau über der Landschaft hängt und von Sonnenstrahlen, vor denen man sich vielleicht schützen möchte, weit und breit keine Spur zu sehen ist?" Dass sein Ausbruch die Situation nicht erträglicher machte, wurde ihm sofort klar, als sein strafender Blick die verängstigt dasitzende Frau traf. Die starrte, ruckartige Schniefer der Verzweiflung ausstoßend, auf ihren wütenden Gatten. Das Taschentuch vor den Mund gepresst, versuchte sie trotz Allem, den Angriff zu parieren: „Aber Schatz, so kenne ich Dich ja gar nicht!", und dann, mit Anzeichen des totalen Zusammenbruchs: „Ich - kann doch – auch – nichts – dafür!"

Im Zwiespalt zwischen Wut und Rührung drückte Erwin sich aus dem Sessel und legte tröstend einen Arm um die Schultern seiner Frau, küsste ihre tränennasse Nase und kämpfte sich ein Lächeln ab: „Ach Rosi! Es ist nun mal passiert. Man wird uns auslachen und eine Menge Geld abknöpfen, aber davon geht die Welt nicht unter. Jetzt tun wir erst mal, wozu wir hier sind. Lass uns versuchen, den wohlverdienten Urlaub zu genießen, so gut es geht." Roswitha war nicht leicht zu trösten. Von Schniefern und Schluchzern unterbrochen erwähnte sie immer wieder Einzelheiten ihres gestrigen Erlebnisses: „Der Windstoß kam so plötzlich, da konnte ich doch nicht mit rechnen." Oder: „Du *musstest* doch nicht hinterher klettern, als er zehn Meter tiefer an einem Strauch hing." Wenn Erwin sie dann streng, aber gütig zur Ruhe mahnte, kam auch schon mal ein: „Aber mutig bist Du ja." und einmal sogar: „Ich bin ja so stolz auf Dich, trotz Allem!" Erst gegen Abend gelang es den Beiden, den ärgerlichen Vorfall des Vortages ein Stück weit zu verdrängen. Mit einiger Mühe schafften es Erwin und Roswitha, den nächsten Tag in Angriff zu nehmen, ohne sich stets mit Gedanken an die dumme Geschichte mit dem Strohhut zu plagen.

Mit dem Leihwagen ging es in die Hauptstadt, wo beide mit Genuss eine Riesenportion Eis verdrückten. Beim anschließenden Kaffee stellte sich sogar eine gewisse Entspannung ein. Man machte sich auf zum Strand. Erwin war mit einer großen Tasche bepackt, die allerlei Badeutensilien, je eine Flasche Wasser und Wein in einer Isoliertasche sowie etwas Knabberzeug enthielt. Seine Gattin ging, trotz brennender Sonne, heute ohne Hut. In gelassener Stimmung erreichten die beiden den Kiosk, an dessen Front die Titelseite des Lokalblattes 'El Dia' aushing. Aufmacher: **„Der tapfere Retter des Strohhutes und seine Retter."** Darunter ein Foto, das den Hubschrauber im Einsatz zeigte. Die Größe des Bildes reichte aus, um Erwin erkennen zu können, der wie ein nasser Sack in einem Seilgeschirr von der Maschine herabhing. Roswitha machte Anstalten, sich eines der Hefte zu greifen, aber Erwin packte sie energisch am Arm und zog sie weiter: „Wir wollten das Ganze doch vergessen, Rosi!" Die seufzte verzagt, sagte aber nichts und folgte ihrem Gatten.

Roswitha trug bereits ihren Bikini und hielt jetzt ein riesiges Badetuch in die Höhe, in dessen Sichtschutz Erwin in seine Badehose stieg. Angesichts des Fotos in der Zeitung wäre es ihm sehr lieb gewesen, wenn das Tuch auch sein Gesicht verdeckt hätte, aber das tat es nicht. Hand in Hand, wie, um einander Kraft und Ruhe zu schenken, trottete das Paar hinunter zum Meer, die Blicke auf den dunklen Sand am Boden gerichtet. Als Roswitha aufsah, nahm sie eine ungewöhnliche Szenerie war: Eine Gruppe Menschen stand laut durcheinander redend an der Wasserlinie und machte wilde Gesten zum Meer hin. Einige Meter weiter lag etwas dunkles, großes in der flachen Brandung. Aus der Entfernung wirkte es wie ein kleiner Zeppelin, der unglücklich gelandet war. Auch Erwin bemerkte jetzt, dass etwas besonderes geschah. Im Laufschritt zog er seine Frau mit sich, um die Sache aus der Nähe zu betrachten. Schnell erkannte er, dass es sich bei dem Gegenstand, der weiterhin bewegungslos im Flachwasser lag, um einen kleinen, gestrandeten Wal handelte. Die Leute standen herum, redeten auf einander ein und schienen auf etwas zu warten: „Das Tier stirbt an seinem Eigengewicht, wenn es am Boden liegt!", sagte einer. „Und die Haut darf nicht trocken werden, das verträgt der Wal nicht!", fügte ein anderer hinzu. Diese und noch viele andere Aspekte der Situation wurden laut und teilweise kontrovers diskutiert, aber niemand tat etwas anderes als reden und schauen. Ja, und natürlich fotografieren. Inzwischen war sogar ein Übertragungswagen von der nahen Station des Inselfernsehens eingetroffen und schnelle Jungs in Lederjacken schleppten Kabelrollen zum Strand.

Erwin lies seinen Blick über die Szenerie wandern und dachte kurz nach: „Nein! Du machst jetzt nichts! Dein letzter Rettungseinsatz hat gereicht!" Gleichzeitig rannte er aber schon zu dem Haufen mit seinen und Rosis Sachen, griff sich das Badetuch in Übergröße, das ihm vorhin noch als Umkleidekabine gedient hatte und rannte los. Plötzlich, als hätte es ihm jemand gesagt, wusste er ganz genau, was zu tun war. Mit ein paar Winken und Rufen brachte er einige der Gaffer in Aktion. Als Gruppe watete man zu dem wahrscheinlich sterbenden Tier. Jetzt, da endlich Bewegung in die Sache gekommen war, kamen auch einige Kinder mit. Erwin platschte demonstrativ mit beiden Händen ins Wasser, dass es aufspritzte und rief dabei: „Macht ihn nass! Er muss nass bleiben!" Einige Männer der Gruppe wies er an, das Tuch ausgebreitet und gespannt neben dem Tier auf dem Grund auszubreiten. Zusammen mit den anderen versuchte er dann, sich und seine Helfer immer wieder zur Vorsicht mahnend, das Tier auf das Tuch zu bugsieren. Es handelte sich um einen jungen Schweinswal am Ende seiner Kräfte. Das Tier bewegte sich nicht, lag da wie tot. Und es war schwer! Zuerst rührte sich gar nichts und die Männer wollten schon aufgeben, bis sie, eher zufällig, darauf kamen, dass man den Wal auch rollen konnte. Kurz darauf lag er auf dem Tuch. Auf Erwins Kommando zog die Helfertruppe das Tier unter großen Anstrengungen in tieferes Wasser. Vom Land klangen Stimmen herüber: „Bringt doch nichts! Das Tier stirbt sowieso! Es ist schon tot!" Die Helfer waren sich selbst ihrer Sache nicht sicher, aber Erwin trieb sie an, von Zweifeln geplagt, aber ohne Zögern. Ganz sachte zeigte sich auf einmal eine Veränderung an dem Tier, das, wie auf einer Sänfte ins Tiefe geschleppt, sich leicht krümmte, dann den Körper streckte, ihn wieder zusammenzog und plötzlich vom Tuch weg vorwärts schnellte und davonschwamm. Die Helfer sahen einander an, stolz und froh, aber vor Allem überrascht. Vom Ufer her ertönte Applaus wie nach einer Artistennummer und plötzlich löste sich aus den Kehlen jener, die bis gerade um das Leben des Wales gekämpft hatten ein gemeinsamer Schrei wie Siegesgeheul.

Wie zum Segen hob Erwin die Arme und dankte allen Teilnehmern der Aktion. In der Ferne war der gerettete Wal zu sehen. Wie zum Dank oder Abschied erhob er sich im Sprung über das Wasser und verschwand in der Tiefe. Erwin schritt stolz zu Roswitha, das Handtuch hinter sich her schleifend. Die kam auf ihn zu gerannt, umarmte ihn und hörte nicht auf, ihm: „Mein Held, Mein Retter!" ins Ohr zu flüstern. Leute mit Kameras sprangen um ihn herum. Irgend jemand hielt ihm ein Mikrofon hin und redete auf Spanisch auf ihn ein, aber er verstand fast nichts. Nur so viel war ihm klar, diesmal war es besser ausgegangen, als bei der Rettung von Rosis Strohhut: „Man muss sich halt reinhängen!", grinste er in sich hinein: „Auch wenn es nicht immer als Heldentat endet."

ENDE

MARKTTAG

Aus den Zeiten der großen Entdecker wird uns von tollkühnen Männern berichtet, die mit ihren Seglern die Meere durchkreuzten. Stets waren sie auf der Suche nach Neuland, das sie für ihre Herren erobern konnten. Wenn sie dabei auf fremde Völker stießen, war es ein vielfach gepflegter Brauch, von diesen erhaltene Hilfe und Gastfreundschaft mit Geschenken und religiöser Aufklärung zu vergelten. Bunte Glasperlen, seltsam geformte Hölzchen und ähnlicher Kram erreichte so die entlegensten Winkel der Erde. Begleitet wurden diese Gaben von zweifelhaften, verworrenen Geschichten über eine dreieinige, allmächtige Entität, die ein Kind mit einer Jungfrau habe, das mit dem Vater identisch, aber doch nicht die gleiche Person sei. Diesem Wesen habe man Respekt zu zollen, indem man die ungebetenen Gäste als Herren akzeptiere. So etwas funktioniert heutzutage natürlich nicht mehr.

Doch auch in unserer Zeit sind auf allen Meeren riesige Schiffe unterwegs, die Menschen über weite Strecken an exotische Strände bringen. Dabei nehmen aber bunte Glasperlen, Hölzchen und ähnliche hübsche Kleinigkeiten den umgekehrten Weg. Auf extra für diesen Zweck angelegten Märkten werden sie den Kreuzfahrern gegen eine ordentliche Summe Geldes verkauft und nicht selten gibt es auch heutzutage wieder eine Portion abenteuerlicher Ideologie als Zugabe. Da diese Märkte sich großer Beliebtheit erfreuen und von zahlreichen Menschen besucht werden, wird dort die Auswahl an Waren unterschiedlichster Art immer größer und auch die Menge an zahlungskräftigen Kunden nimmt ständig zu. Wen wundert es also, dass dort neben dem üblichen Tand manchmal wirklich nützliche Dinge angeboten werden. Auch handwerklich gefertigter Schmuck oder textile Kleinodien sind dort oftmals zum fairen Preis zu erstehen.

Als armer Schreiberling, von den Vertriebsmöglichkeiten der großen Metropolen abgeschnitten, sitze ich oft selber auf einem solchen Markt und mühe mich ab, die Früchte meiner Arbeit an den Mann, sprich Touristen zu bringen. Für einen Einwanderer wie mich ist diese Personengruppe besonders wichtig. Schließlich sprechen etwa achtzig Prozent meiner Mitbewohner vorwiegend die Landessprache, während ich nur in meiner Eigenen halbwegs vernünftige Texte zustande bringe. An Markttagen sitze ich also in der Inselhauptstadt San Sebastian im Schatten der riesigen Bäume auf der Plaza de la Constitucion, ein Tischchen mit einer gefällig angeordneten Auswahl meiner Bücher vor mir, meinen Schatz neben mir und die anderen Markthändler um mich herum.

Wenn ich vom Schatten riesiger Bäume rede, dann meine ich wirklichen Schatten, der zu keiner Tageszeit auch nur den Hauch eines Sonnenstrahls auf den Boden fallen lässt. Dazu kommt ein ständiger Wind, der von den Höhen herab durch die Gassen bläst und die hässliche Angewohnheit hat, sich ausgerechnet auf der Plaza noch einmal so richtig auszutoben, bevor er sich über dem Ozean erwärmt und zur Ruhe kommt. Da mag der Tag noch so sonnig sein, die Menschen leicht bekleidet und gut gelaunt zwischen Eiscafé und Badestrand daher flanieren, an diesem Platz ist es kalt! Nur Fremde wundern sich also, wenn sie hier auf dem Marktplatz an einem sommerlichen Tag bei blauem Himmel auf Menschen treffen, die in dicken Jacken, fröstelnd die Hände reibend, die Mütze oder Kapuze über die Ohren gezogen und von einem Fuß auf den anderen tretend sich mühen, einen gewinnenden

Eindruck zu machen. Zwar könnte man sie für Maronenröster auf dem Nürnberger Christkindlmarkt halten, aber es sind die Marktleute von der Plaza de la Constitucion.

Da die Zahl der Stände dort nicht sehr groß ist, spricht man von einem *'Mercadillo',* einem kleinen Markt. Vor einiger Zeit hat die Gemeindeverwaltung in ihrer Weisheit nämlich den Handel mit Obst und Gemüse von diesem Platz in eine Halle am anderen Ende der Stadt verbannt. Seither kann man auf der Plaza nur noch Dinge erwerben, die nicht zum Verzehr geeignet sind.

Die Gäste der großen Kreuzfahrtschiffe vermissen das Angebot an Lebensmitteln nicht. Viele betrachten es vielmehr als willkommene Abwechslung, hier bei einem Spaziergang zwischen Lunch, Supper, Dinner und den diversen Snacks und in-between-meals, die auf ihrem großem Schiff den Tagesablauf bestimmen, ein paar kalorienfreie Eindrücke mitzunehmen.

Sehr gern nutzen sie dann die Gelegenheit, die Waren an den Ständen eingehend zu prüfen. Fragen nach Art, Herkunft und Verwendung der schönen Dinge werden gern gestellt und ebenso gern beantwortet. Interessiert lauschen die Händler den huldvoll geäußerten Ansichten der potenziellen Käufer über Schmuck aus Lava, den Missbrauch von Schildläusen und Seidenraupen und die viel günstigeren Preise für den gleichen Kram in Taka-Tuka-Land, wo die Menschen noch bescheiden ihrer Arbeit nachgehen, während sie an anderen Reisezielen durch die Großzügigkeit fahrender Rentner verdorben sind.

Kommt es trotzdem einmal dazu, dass sich einer der Passanten entschließt, hier etwas zu kaufen, ist das ein Erlebnis für die ganze Plaza: Der Händler, nachdem er seit einer Stunde den Ausführungen seines Kunden gelauscht und tausend Fragen beantwortet hat, wischt sich erleichtert den Schweiß aus den Augen. Der Käufer ruft Familie, Freunde, Bekannte und andere Anwesende zusammen, um sich in den Einzelheiten seiner Anschaffung allseitig beraten zu lassen. Die Kollegen des Händlers an den anderen Ständen drücken dem Glückspilz die Daumen und folgen unauffällig aber gespannt dem Verkaufsgespräch. Dem unausbleiblichen Versuch des Kunden, den Preis des zu erwerbenden Gegenstandes zu drücken, folgt der Hinweis des Händlers auf einen möglichen Mengenrabatt, womit eine neue Runde der Verhandlungen beginnt. Jetzt bietet einer der Berater des Kaufwilligen an, auch etwas zu kaufen, um den angebotenen Preisnachlass für beide zu erzielen. Während der Zweitkunde bereits mit der Auswahl beginnt und dabei die Auslagen nach eigenen Vorstellungen umsortiert, äußert der Erste Zweifel, ob seine Kaufentscheidung wirklich richtig war. Der Händler ist derweil in ein Gespräch mit einem Dritten verwickelt, wobei er verzweifelt aber erfolglos versucht, die Kunden eins und zwei im Auge zu behalten. Ein Vierter gesellt sich hinzu und fragt ganz allgemein nach dem Weg zum Hafen, worauf die Kunden eins und zwei sich entschließen, noch einmal wieder zu kommen, wenn der Andrang am Stand nicht so groß ist.

Mein Schatz und ich sitzen derweil frierend hinter unserem Büchertischchen und hoffen darauf, bald einen ähnlichen Auflauf wie den am Stand des Kollegen bei uns begrüßen zu können. Warum? Ja, warum ist man schließlich hier?

Zusammengesteckt ragen die Wanderstöcke aus den Seitentaschen ihrer Rucksäcke der Marke 'North Face'. Zwar weisen Kleidung und Ausrüstung der beiden Mittfünfziger auf eine geplante Expedition ins wilde Bergland hin, im Augenblick jedoch flaniert das Paar in aller Ruhe über den Markt. Sie zeigt großes Interesse an den hübschen Anhängern aus Avocadokernen und deckt deren Produzentin mit Fragen ein. Dabei legt sie sich das eine oder andere Stück um den mageren Hals. Mit kritischem Blick in den Spiegel dreht sie den Kopf in alle möglichen Richtungen. Dazu leiht sie sich vom Nachbarstand ein handgefertigtes Seidentuch aus, um die farbliche Wirkung zu testen, während die dazugehörige Händlerin ihre Jacke hält. Eine weitere potenzielle Kundin wird zur Beratung herangezogen, empfiehlt allerdings 'etwas frischeres', woraus sich eine hoffentlich klärende Diskussion darüber entwickelt, was denn an einem Schmuckstück aus holzähnlichem Material wohl als 'frisch' gelten könne. Die Jackenhalterin würde gern Seidentücher ins Gespräch bringen und macht einen entsprechenden Einwurf, während die Frau mit den Avocadokernen darauf hinweist, dass gerade die Abwesenheit von allzu viel Frische ein ganz besonders wichtiges Qualitätsmerkmal ihrer Produkte sei. Dem Gatten der Kundin scheint die ganze Angelegenheit ziemlich gleichgültig zu sein. Konzentriert fummelt er an dem Riesenrohr von Objektiv herum, das, vor seine Kamera geschraubt, einen kleinen Hund ins Visier nimmt. Dieser schickt sich gerade an, den Stand der Seidentuchfrau anzupinkeln, die ihn aber durch energisches Wedeln mit der Jacke der Anhängerkundin und dem Ruf: „Fuera! Saca de pulgas!" vertreibt. Enttäuscht wendet der Fotograf sich ab. Zufällig fällt sein Blick auf unser Büchertischen. „Heute signiert der Autor" , steht auf einem Pappschild, das auf die großartige Gelegenheit hinweist, jetzt bei mir ein Buch aus eigener Produktion zu kaufen. Zur Ablenkung von der Kälte, die mir von den Füßen aus die Beine und den Rücken hoch kriecht, beschäftige ich mich mit einer kleinen Rechnung: Wenn ich heute zwei Bücher verkaufe, werden wir das Benzin für die Anfahrt und den ersten Kaffee für meine Liebste und mich hereingeholt haben. Noch zwei Bücher und wir können uns vom

Ertrag je ein Bocadillo mit Belag nach Wunsch leisten. Zusätzlich ist noch eine große Flasche Wasser oder der zweite Kaffee des Tages drin. Alle Bücher, die wir dann noch zusätzlich verkaufen... Bisher haben wir heute leider noch nichts an den Mann gebracht. Macht nichts, der Tag ist noch jung.

Da nähert sich ja auch schon der Mann mit dem Riesenobjektiv: „Sind Sie das?", fragt er, während sein ausgestreckter Finger auf das Pappschild zeigt: „Was schreiben Sie denn so?" Mein Geist sucht noch den Weg zurück aus den Untiefen der Betriebswirtschaft unseres kleinen Unternehmens, aber mein Schatz ist bereits in Aktion. Entschieden drückt sie dem Kunden unseren Bestseller in die Hand: „Schauen Sie mal selbst! Das hier ist ein satirisch angelegter Krimi...." Mit knappen Worten umschreibt sie unser literarisches Angebot und will gerade etwas zu den Preisen sagen, als seine Frau, ohne Jacke, einen Anhänger mit spitzen Fingern vor die Brust haltend, hinter seinem Rücken erscheint: „Wolfram, schau doch mal! Kann ich das hier wohl zu dem hellgrünen..." „Sicher! Dir steht doch alles", brummt er ohne hinzuschauen über die Schulter: „Und Sie? Sie leben hier also." Mit kritischem Blick hat er sich bereits wieder uns zugewandt. Seine Gattin steht schweigend im Hintergrund, das Schmuckstück immer noch in den erhobenen Händen, was er aber nicht zu bemerken scheint: „Und wie ist das so?"

Behutsam versuche ich, sein Interesse auf die Bücher zu lenken, zu deren Verkauf ich hier seit knapp zwei Stunden im Kalten stehe: „Die Geschichte in dem roten Band, den sie gerade in der Hand halten..." Zügig und ohne großes Interesse hat er das besagte Buch inzwischen durchgeblättert. Sein Finger klopft jetzt auf die Seite mit dem Impressum: „Ich sehe hier gar keinen Verlag angegeben." Sein Blick ist Frage und Vorwurf in einem. Ich fühle mich wie ein Grundschüler, der vor der

Klasse steht und das Einmaleins mit Sieben vergessen hat: „Wir bringen unsere Sachen im Selbstverlag heraus", entschuldige ich mich.

„Ach, dann hat sich für Ihr Zeug wohl kein richtiger Verlag gefunden? Wo veröffentlichen Sie denn, außer hier auf dem Markt?" Ich könnte jetzt weit ausholen, ihm erklären, wie schwierig es ist, ein Manuskript bei einem ordentlichen Verlag unterzubringen und wie wenig die Verlage einem unbekannten Autor zum Leben lassen. Es gäbe noch viel zu erzählen, etwa, warum unsere Bücher nur über einen großen Versandhändler zu beziehen sind, den ich selbst nicht leiden kann. Ich könnte auf unsere Lesungen in diversen Hotels während der Urlaubssaison hinweisen und vieles mehr. Ein Blick in seine Augen sagt mir jedoch: „Dieser Bursche wird niemals ein Buch kaufen, das ihm nicht von 'kompetenter Seite' empfohlen wurde. Wenn Du nicht in der Bestsellerliste des 'Spiegel' ganz weit oben stehst, traut er Dir einfach nicht. Wer weiß, was für abseitige Ideen sich in Deinen Schriften finden. Er weiß zudem: Niemand wird beeindruckt sein, wenn er im Gespräch durchsickern lässt, dass er Dein Buch 'bereits gelesen' habe. Schließlich kennt kaum jemand den Titel. Für mein Gegenüber gibt es also nicht den geringsten Grund, mir etwas abzukaufen. Entsprechend gering ist mein Antrieb, dieses Gespräch in die Länge zu ziehen. Aber was nützt es?

Der Mann hackt immer noch mit seinem Finger auf dem Impressum herum. Im Bemühen, seine Aufmerksamkeit zu erlangen, drängt sich jetzt die Frau heran. Die Kette mit dem Anhänger immer noch hochhaltend, sucht sie eine Chance, sich ins Gespräch zu bringen. Stirnrunzelnd sieht er mir in die Augen: „In den USA lassen sie drucken? Ja lohnt sich das denn?" „Warum lassen Sie das denn nicht hier machen?" Die Frau hat sich nun eingeschaltet: „Wenn Sie schon hier leben, sollten Sie auch die hiesige Wirtschaft stützen. In Amerika drucken... So was gehört sich doch nicht!" Mir wird die ganze Geschichte langsam lästig. Ich möchte sagen: „Sicher geht das hier! Am besten lasse ich die Bücher in Kartoffeldruck herstellen, dann hat auch die Landwirtschaft was davon." Grinsend schlucke ich meine Antwort herunter.

Sie fühlt sich nicht ganz ernst genommen: „Komm Wolfram, wir gehen!" Auch für ihn ist das Gespräch beendet. Mit abschätziger Miene legt er das Buch zurück auf den Stapel: „Na, denn..." Beide drehen ab. Untergehakt stolzieren sie in Richtung Straße. „Ihre Jacke!", ruft ihr die Seidentuchfrau hinterher. „Mein Anhänger!", fällt die Kollegin vom Schmuckstand ein. Ich wende mich meinem Schatz zu: „Ich hole mir einen Kaffee, was ist mit Dir?" Froh, mir etwas Bewegung zu verschaffen, trabe ich zur nächstliegenden Bar.

Inzwischen ist es fast Mittag. Der Betrieb auf dem Marktplatz hat merklich abgenommen. Die Sonne steht hoch und die Menschen genießen die frühsommerliche Wärme am Strand oder auf den Terrassen der Restaurants. Nur auf der Plaza findet immer noch kein wärmender Strahl durch die dichten Baumkronen. Für die nächsten zwei bis drei Stunden rechne ich nicht mit einem besonders großen Andrang auf unserem *Mercadillo*. Bis jetzt war das Ergebnis nicht gerade ermutigend. Naja! Vielleicht machen wir heute Nachmittag das ganz große Geschäft. Vorerst sitzen wir jedoch auf unserem Bänkchen und sehen den wenigen Passanten beim Passieren zu. Eine Beschäftigung, der ich mich stundenlang hingeben könnte. Nur mein Schatz hält solcherlei Studien leider für Nichtstun und wird nervös und unzufrieden davon: „Lass uns die Bücher mal anders auf den Tisch legen. Überhaupt, sollen wir uns nicht mal woanders hinstellen?" Da ich nur zögerlich auf ihre Vorschläge eingehe, springt sie auf, um die Kollegen an den anderen Ständen auf ein Schwätzchen zu besuchen.

Von der Seite füllt sich die Luft auf einmal mit fröhlichem Gesang, begleitet vom dürren Geklimper einer Ukulele. Die liebe Kollegin vom Nachbarstand trägt ihre Bearbeitung eines beliebten Volksliedes für Engelsstimmchen und Eierschneider vor. Sonst bietet sie Handgestricktes an, vor allem Mützen und Babyschuhe. Die Mützen verkaufen sich gut, besonders an Gäste von Kreuzfahrtschiffen, die als Raucher ihre Abende auf Deck verbringen müssen. Ich freue mich über das Lied und entspanne mich.

Während mein Blick weitgehend absichtslos über die Umgebung schweift, erfasst er plötzlich eine dunkel gekleidete Dame, die mit beiden Händen winkend auf mich zugerannt kommt: „Wie schön, Sie hier zu treffen! So ein Glück!" Die freundliche Stimme, die zarte Gestalt, die lebhaften blauen Augen – irgendwoher kenne ich diese Frau. Aber woher bloß? Jedenfalls bringe ich mein freundlichstes Begrüßungsgesicht hervor: „Ja, ich freue mich auch, Sie zu sehen!" „Wo ist denn Ihre liebe Frau? Mit der muss ich unbedingt reden. Ich bin ja so dankbar!" Mir fällt auf die Schnelle nicht ein, wofür die nette Dame wohl dankbar sein könne, aber da kommt auch schon mein Schatz zurück und die beiden Frauen begrüßen sich herzlich.

„Ihr Buch hat mir und meiner Freundin ja solchen Spaß gemacht. Wir sind beide begeistert und kochen jetzt Ihre Rezepte nach, eins nach dem anderen. Ganz toll auch, wie Sie erzählen." Die Frau ist hin und weg vom Werk meiner Süßen. Immer wieder nimmt sie ihre Hände, schüttelt sie und strahlt. Fast könnte man neidisch werden, aber solche Gefühle sind mir natürlich fremd. Die beiden stehen jetzt am Büchertisch und die Dame sieht sich den Stapel mit den blauen Bänden an: "Ich hoffe, Sie haben genug davon hier, ich brauche nämlich fünf Stück, die ich als Geschenk an Bekannte verteilen möchte." Das ist kein Problem für uns: „Soll ich sie ihnen einpacken?", mische ich mich ein. Die Verehrerin meiner Frau sieht mich kopfschüttelnd an: „Natürlich nicht, bevor Ihre Frau sie alle handsigniert hat!" „Natürlich!", gebe ich zurück und reiche meinem Schatz einen Stift. „Von Ihren Krimis hätte ich auch gern je zwei. Die nehme ich meinen Neffen mit, wenn ich im März wieder nach Hause fliege!"

Nach einer kurzen Signierstunde packt die nette Dame neun Bücher in ihre Tasche. Mit einer herzlichen Verabschiedung zieht sie ihres Weges, winkt uns aus einiger Entfernung noch einmal freundlich zu und ist verschwunden. Staunend sehen wir uns an: „Gar nicht so übel", grinst meine Süße. Am warmen Glanz ihrer Augen sehe ich, dass sie maßlos untertreibt. Auch mir wird endlich ein bisschen wärmer.

Gegen halb Vier wird der Betrieb wieder lebhafter. Zwei, drei Bücher haben wir bis dahin noch an einzelne Leute verkauft. Insgesamt ist das Ergebnis des heutigen Tages nicht schlecht, zumal der Nachmittag noch vor uns liegt.

Eine junge Frau schleppt eine schwere Plastiktüte über die Plaza. Grüßend nähert sie sich unserem Tisch. Ich erkenne sie sofort wieder. Ihr offenes Lachen ist unverwechselbar. Vor etwa drei Wochen hat sie zwei Bücher bei uns gekauft. Zusammen mit ihrem Freund lebt sie auf einem kleinen Segelboot und führt ein ungebundenes Vagabundenleben. Im Hafen warten die Beiden auf den Frühling und darauf, dass der Atlantik sich etwas freundlicher zeigt. Dann werden sie weiterziehen, um sich andere Küsten anzuschauen. Beneidenswert!

„Hallo Ihr zwei! Schön Euch zu sehen!" Das ist heute schon das zweite Mal, dass sich jemand freut, uns zu treffen. Ein Glückstag? „Könnt Ihr vielleicht einen

Mixer gebrauchen?" Dabei hebt sie mit Mühe den Beutel hoch und zeigt mit der freien Hand darauf: „Auf dem Boot nimmt das Ding uns zu viel Platz weg. Wenn Ihr wollt, schenke ich es Euch." Nach eingehender Begrüßung schauen wir uns das angebotene Stück an und siehe, genau so ein Gerät wollten wir uns demnächst sowieso anschaffen. Die Maschine ist gebraucht, aber komplett in Ordnung: „Was möchtest Du denn dafür haben?" Die junge Frau wiederholt ihr Angebot, uns das Ding zu schenken und nach einigem hin und her nehmen wir es gern an. „Wenn wir nicht aufpassen, werden wir heute noch reich!", grinse ich meinem Engel zu. „Na, bevor das passiert, packen wir besser unsere Sachen und verschwinden."

Recht hat sie. Noch steht die Sonne hoch am Himmel und für heute haben wir genug gefroren. In wenigen Minuten ist unser Laden zusammengepackt. Auch einige Kollegen haben bereits mit dem Abbau ihrer Stände begonnen. Wir verabschieden uns in alle Richtungen und streben, Tischchen und Taschen unter den Armen, unserem Auto zu. Bald werden wir vor dem Eiscafé am Yachthafen sitzen und endlich die Sonne genießen. Alles in allem ein guter Tag.

Auf der Terrasse des Eiscafés sitzt, als wir dort ankommen, bereits unser Nichtkunde mit dem dicken Objektiv plus Gattin. Auf unseren Gruß hin nicken die Beiden hoheitsvoll zurück. Entspannt blättere ich in dem Magazin, das ich gerade an der Tankstelle erstanden habe, es ist der neue 'Spiegel'. Eher zufällig bleibt mein Blick an der aktuellen Bestsellerliste für Belletristik hängen. Auf Platz eins steht genau der Roman, den der Herr am Nebentisch aufgeschlagen in der Hand hält.

Wusste ich's doch.

ENDE

EINER DER LETZTEN

Sein Name war GRRR, denn so pflegte er sich vorzustellen, mit warnendem Blick. Dabei rollten ihm die Rs nicht so scharf und spitz von der Zunge, wie man es von den Menschen hierzulande kennt. Vielmehr kamen sie einem Grollen aus großer Tiefe gleich, die man seiner schmächtigen Brust niemals zugetraut hätte. Überhaupt war er ein Unding der Natur: Über seine Rippen spannte sich ein schwarz und braun gestreiftes, kurzes Fell, das an eine Hyäne mit Mottenfraß denken ließ. Die dürren Beinchen zitterten und schienen nur mit Mühe den ausgemergelten, knapp kniehohen Körper aufrecht zu halten. Der Kopf war klein, mit spitz aufragenden Ohren und noch spitzeren Zähnen, die zwischen den schwarzen Lefzen drohend hervorlugten, wenn auch nicht mehr in voller Anzahl. Am beeindruckendsten jedoch waren die dunklen Augen. Wie schwarze Murmeln drangen sie aus blass roten Löchern, müde, aber hellwach. Aus den Öffnungen der fuchsartigen Nase blubberten zuweilen rosa Blasen aus Rotz und Blut, die sich vor seiner Schnauze zu einer schmierigen Pfütze sammelten.

„Wenn Du auf den Kanaren lebst, hast Du es immer schön warm. Egal, wie es Dir ansonsten geht, frieren wirst Du jedenfalls nie." Wer das glaubt, hat noch nicht im feucht-finsteren Nebelwald campiert. Oder in Agulo, unten im Schatten der roten Wand, deren kahler Fels ein paar hundert Meter senkrecht in den Himmel ragt. Da gibt es Stellen, an denen sich im Winter die Sonne zu keiner Tageszeit sehen lässt. „In Agulo ist es kalt und es gibt Eintopf." Das ist alles, was eine bekannte Reiseschriftstellerin darüber zu berichten hatte. Wer hier ein Dorf errichtete, hatte für Hitze nichts übrig.

Es war Nacht und GRRR kroch die Kälte in die Knochen, obwohl er die Beine so nah wie möglich an den gekrümmt daliegenden Körper gezogen hatte, um die Wärme bei sich zu halten. Sein Gegenüber sah bis in die kleinste Kleinigkeit aus wie er selbst vor vielen Jahren. Besorgt und mit großem Respekt sah der zu GRRR herab und legte sich zu ihm, so, dass die beiden Hunde sich in die Augen sehen konnten. Die Wände des Wartehäuschens an der Bushaltestelle boten ihnen Schutz vor dem Wind, aber gemütlich hatten sie es nicht.

„Heute ist ein großer Tag für Dich, mein Junge. Schade, dass es für mich der letzte ist. Aber so ist das Leben. Du erbst einen großen Namen und ich bin sicher, Du wirst ihn mit Würde tragen." Der Angesprochene hätte gern etwas Tröstendes gesagt und wäre der offen zu Tage liegenden Wahrheit aus dem Wege gegangen, aber so läuft das bei Hunden nicht. Dafür hätte er sprechen müssen und wer hat je von sprechenden Tieren gehört? Nur Menschen bedienen sich der Sprache. Nur sie haben so komplizierte Beziehungen unter einander entwickelt, dass sie mit Worten etwas anfangen können. Man braucht sie, um Absicht und Botschaft zu trennen, das Eine zu verbergen um das Andere zu erreichen. Die beiden Hunde aber blieben stumm, sahen einander an und wussten. GRRR erinnerte sich an sein Leben und an das, was er von seinen Vorfahren gelernt hatte, öffnete sein Gedächtnis und ließ den Jungen daran teilhaben. Der nahm GRRRs Gedanken auf, als wären sie schon immer seine eigenen gewesen.

„Früher waren wir viele. Einzeln oder im Rudel haben wir gejagt, Kaninchen in der Natur, Hühner auf dem Land und was immer sich fand in den Städten. Die Menschen haben uns verfolgt, auf uns geschossen, uns

eingesperrt und die Eier abgeschnitten. Heute leben unsere ehemaligen Brüder bei den Menschen, jagen mit ihnen, liegen auf ihren Sofas oder an der Kette, lassen sich frisieren und haben ihre Freude daran, Stöckchen zu apportieren, die ihr HERR mutwillig herumwirft. Oder sie schützen dessen Hühner vor unseres Gleichen. Man nennt uns 'Streuner'. Auf diesen Namen sollten wir stolz sein, denn er klingt nach Freiheit. Jener Freiheit die nur möglich ist, wenn man nichts zu verlieren hat."
„Entschuldige!", der Junge stand kurz auf, kratzte sich mit einem Hinterbein ausgiebig hinter dem Ohr, lief eine kleine Runde im Kreis, um das Blut in Bewegung zu halten und legte sich wieder hin: „Immerhin riskieren diese Haus- und Schoßhunde nicht, dass ihnen abfriert, was der Tierarzt ihnen genommen hat und jeden Tag satt werden ist vielleicht gar nicht zu verachten. Nicht, dass ich mit den armen Viechern tauschen möchte..."

GRRR erwiderte nichts. Er schloss die Augen und segelte zurück in seine wilde Vergangenheit. Den Jungen nahm er einfach mit. Eine Menge Hundedamen zogen vor dem inneren Auge der beiden vorbei, auf Straßen und Plätzen, am Strand, in Hausfluren und Innenhöfen, aus allen Perspektiven, aber meistens von hinten. Dem Jungen wurde warm. Auch GRRR fühlte plötzlich seine kaputten Knochen nicht mehr: „Und glaube nicht, mein Junge, dass das schon alle waren. All diese gepflegten Mädels würden sich mit uns niemals in der Öffentlichkeit zeigen. Das dürften sie auch gar nicht, weil Ihre HERRen auf Reinheit der Rasse achten. Außerdem haben sie Angst vor Flöhen. Aber ich sage Dir: Ganz tief drinnen bei denen steckt immer noch die Wölfin. Und den Wolf erkennen sie nicht in den enteierten Wohlstandsrüden ihrer Klasse, sondern in uns. In Wahrheit lieben sie den Duft der Freiheit, auch wenn die etwas streng riecht. Wenigstens für den Moment, bis irgendein widerlicher Mensch einen Eimer Wasser über einem liebenden Paar entleert. Und in diesem Moment scheißen sie auf Flöhe!"

Der Junge rollte sich noch ein bisschen enger zusammen. Er wollte sich die Wärme bewahren. Den Kopf legte er auf seine rechte Vorderpfote, die dunklen Kugelaugen hatten einen schwärmerischen Glanz.

„Wie blöd hat der Apotheker wohl geschaut, als seine reinrassige Dalmatinerin einen Wurf gestreifter Welpen mit kurzen, krummen Beinen zur Welt brachte. Ja, sie rum zu kriegen, war gar nicht schwer. Aber die technischen Details..." Die Streuner steckten die Köpfe etwas näher zusammen. Man konnte glauben, ein Kichern zu hören: „Und die Schäferhündin vom alten Juarez, die seine Hühner bewachen sollte. Am Ende hatte er noch zwei magere Hennen, aber acht gestreifte Welpen, die ein bisschen wie Hyänen aussahen und zum Stöckchen apportieren absolut ungeeignet waren."

So ging es noch eine ganze Weile, aber bald spürte GRRR, wie ihm die Zeit davonlief, wie Wasser aus einem löcherigen Eimer. Es fiel ihm immer schwerer, sich zu konzentrieren und die Bilder in seinem und des Jungen Kopf wurden schwammig: „Du siehst, im Vergleich mit dem 'besten Freund des Menschen', der seine wilde Seele für eine Dose Schlachtabfälle und ein Körbchen im Warmen verkauft hat, ist unser ärmliches, gejagtes Dasein gar nicht so schlecht. Du lebst ja nicht erst seit gestern auf der Straße und solltest wissen, worauf es ankommt. In Zukunft wirst Du meinen Namen tragen. Tu das mit Stolz! Tu es laut und man wird Dich respektieren. Das ist alles, was ich Dir hinterlassen kann. Ein Rat noch: Friss nie eine Ratte, sie könnte vergiftet sein!"

GRRR erhob sich mühsam. Ohne sich umzusehen schwankte er die Dorfstraße hinauf. Blut und Rotz, welche ihm aus Nase und Mund tropften, bildeten eine blasse Spur auf dem buckligen Pflaster, dann auf dem

Asphalt des Weges hinunter zur alten Seilbahn, wo sie sich bald im dichten Gebüsch verwilderter Terrassen verlor. Der Junge erprobte seinen neuen Namen an einem späten Trinker, der mit starkem Gegenwind seinem Heim entgegen wankte: „Scheiß Köter, lass mich in Ruhe!", brummte der vor sich hin. GRRR II sah ihm nach und dachte dabei an seinen Mentor: „Mach's gut, alter Junge, und Danke für alles!"

Über dem Meer, vor der gewaltigen Kulisse des Teide, versetzte die aufgehende Sonne dicke, bizarr geformte Wolkenberge in rote und goldene Glut. Bald würde die Thermik sie auseinandertreiben und für einen strahlend blauen Himmel sorgen. Jetzt aber war Zeit für das ganz große Wolkentheater. Mit jeder Minute wandelten sich Farben und Formen. Gewaltige, strahlende Wolkengebirge trieben auf die Höhen der Insel zu, wo sie eine Weile in ständigem Formenwechsel verharrten, bis sie aufstiegen, auseinander rissen und schließlich verschwanden.

GRRR II liebte dieses Schauspiel wie jeden frischen Tag, an dem noch nichts schiefgegangen war, noch niemand nach ihm getreten hatte. Heute nahm er das Erwachen des Dorfes allerdings nicht wahr. Die Nacht war lang gewesen. Jetzt lag er im Schutz der Büsche am Parkplatz und schlief sich aus. In seinen Träumen war er zum ersten Male GRRR II, König der Streuner.

Es war Mittag, die Sonne stand hoch, aber hier kam sie nicht hin. Zu nah war sein Schlafplatz an der Felswand, die das halbe Dorf überschattet. Ein scharfer Schmerz riss ihn aus seinen Träumen, gefolgt von fröhlichem Kinderlachen. Ein zweites Mal spürte er, wie ein Stein seine Seite traf. Er sprang auf, zeigte seine Zähne und knurrte laut seinen neuen Namen. Einer der Jungs, die vom Bushäuschen aus auf ihn zielten, ließ vor Schreck einen dicken Brocken aus der erhobenen Hand fallen, denn GRRR II war gestartet. Er raste mit gesenktem Kopf auf seine Widersacher zu, schlug einen engen Bogen um die Bande und riss grollend das Maul auf. Er hatte nicht wirklich vor, einen der Bengel zu beißen. Kinder beißt man nicht! Aber einen gehörigen Schrecken wollte er ihnen schon einjagen, denn wer Respekt nicht im Blut hat, der muss ihn eben erlernen. Und das war hier ganz klar der Fall. Die Kinder rannten mit wackelnden Schulranzen über die Straße und verschwanden im Schatten eines parkenden Reisebusses. GRRR II schickte ihnen ein gereiztes Gebell hinterher und lief in entgegengesetzter Richtung die Straße hinauf. An unmotivierte Gewalt von Menschen war er gewöhnt, aber sie schlug ihm immer wieder aufs Gemüt. Schade, dass diese Gören ihren Eltern so ähnlich waren.

In der Mitte der Fahrbahn strebte er seinem Frühstück entgegen, als ein voll besetzter Bus in zügigem Tempo die Straße herunter kam, direkt auf ihn zu. GRRR II sah auf, dem erschrockenen Fahrer direkt in die Augen und rührte sich nicht. Als die dröhnende Hupe ertönte, konnte GRRR II nur noch das Blau der Frontseite sehen. Der Fahrer war zu weit über ihm. Der Bus machte einen scharfen Schlenker nach rechts, brauste haarscharf am Bürgersteig und links an dem ungerührt dastehenden Hund vorbei, während er ein weiteres Tröten hören ließ. Schlingernd fand er in seine Spur zurück. GRRR II konnte sie nicht sehen, aber vor seinem inneren Auge wurden die Menschen im Bus ordentlich durcheinander gewirbelt: „Meine Straße!" Es ging ihm schon viel besser.

Ein Stück den Hang zur Rechten hinauf schlich er sich vorsichtig zum Küchenausgang der Kantine, in der durchreisende Bustouristen mit Nahrung versorgt wurden. Das Angebot an Speisen dort ließ keine großen Erwartungen zu, aber die Restaurants im Dorf hatten noch nicht geöffnet. Es war Mittag und GRRR II hatte noch nichts im Magen. Die Tonne hinter dem Haus sah schwer aus und sie roch nach Essen. Eine Katze wäre vielleicht hineingestiegen, um nachzuschauen, Ratten sowieso. Aber das Klettern gehörte nicht zu GRRRs zahlreichen Talenten. Es musste einen anderen Weg geben. Einen knappen Meter neben dem Mülleimer stand eine Holzkiste, gut halb so hoch wie der Behälter. Der Hund sprang darauf, nahm all seine Kraft zusammen und mit einem mächtigen Satz knallte er gegen die Tonne. Die wackelte ein wenig, aber zum Umkippen hatte der Schwung des Tieres, das wie ein Sack zu Boden rutschte, nicht gereicht.

Während der verbiesterte Hund noch über einen zweiten Versuch nachdachte, kam laut schimpfend ein fetter Mann in weißer Kleidung aus der Hintertür gerannt. Das Tier wich nicht zurück, zeigte seine Zähne und knurrte, bis der Mensch einen Stein vom Boden aufhob. „Dann eben nicht!". GRRR II schlug sich durch das Gebüsch und war verschwunden.

„Wahrscheinlich hätte sich der Aufwand eh nicht gelohnt." Vor ein paar Wochen war es ihm einmal gelungen, die Restetonne umzuwerfen. Danach hatte er sich in einer glitschig – graugrünen Masse wiedergefunden, die mit klebrigen Brocken einer mehligen Substanz durchsetzt war. Kein Fitzelchen Fleisch hatte er gefunden, nicht einmal einen ausgekochten Knochen. Dafür musste er in der rutschigen Masse kämpfen, um auf die Beine zu kommen, bevor der Dicke, der auch damals schimpfend aus der Küche gerannt kam, ihn erwischen konnte. 'Potaje de Berros' nannten die Menschen diesen Kleister. Zwischen Büschen und Blumen versteckt musste er ihn sich widerstrebend aus dem Fell lecken. Den Touristen wurde das Zeug als Höhepunkt der lokalen Kochkunst verkauft. *Kresseeintopf!* Das Fell des Hundes sträubte sich bei der Erinnerung. Klar, früher hatten die einfachen Leute diesen Brei täglich auf dem Teller gehabt und zur

Verbesserung des Sättigungseffektes noch geröstetes Mehl, Gofio genannt, hineingekippt. Aber nicht, weil die Menschen die Pampe geliebt hätten, sondern weil sie arm waren! Jetzt bekamen sie die keineswegs armen Touristen als besondere Köstlichkeit kredenzt und lobten die Kunst der Hausfrauen, mit schlichten Mitteln etwas Essbares zu zaubern: „So ein Blödsinn!" GRRR II kriegte die Wut, wenn er an manche Sprüche dachte, die er von Reiseleitern und Bustouristen aufgeschnappt hatte. Jedes Lebewesen mit einem Minimum an Verstand hätte sich gefragt, wieso Menschen, die für gewöhnlich 12 bis sechzehn Stunden täglich hart arbeiteten, sich nichts besseres zu Essen leisten konnten. Gewiss waren sie nicht dafür zu bewundern, dass sie sich von ihren HERREN alles wegnehmen ließen, was sie mit Mühe geschaffen hatten, um sich dann von Unkraut und Mehlpampe zu ernähren.

GRRR II wusste, dass die Menschen in den guten alten Zeiten Jäger und Sammler gewesen waren. Streuner, wie er selbst. „Was ist bloß geschehen, dass sie von diesem Wege abgekommen sind? Wer hat ihnen die Freiheit genommen und sie zu Dingen wie 'Potaje de Berros' verurteilt? Sind sie deshalb oft so grausam zu Tieren und Ihresgleichen weil sie selbst kürzer gehalten werden als Kettenhunde? Und wenn ja, warum lassen sie sich das gefallen?"

Kopfschüttelnd schlich GRRR II im Schatten einer niedrigen Hecke zwischen Blumenbeeten und Sträuchern den Hang hinauf. Sein Magen knurrte inzwischen laut und gereizt. Es war Zeit, sich endlich mit einem ordentlichen Frühstück zu versorgen. Mit aufgestellten Ohren näherte er sich vorsichtig dem Hintereingang des Restaurants 'La Molina', dessen blumentopffarbene Front durch das Grün oberhalb der Straße blitzte. Zwischen der Seitenwand und einem Mäuerchen aus Bruchstein tastete er sich vorwärts, bis der Abfalleimer der Restaurantküche, gleich neben der Hintertür, in sein Blickfeld kam. Wieder gab es ein Problem: Aus der Tonne klang ein Rumoren, als würde ihr Inhalt wild durcheinander geworfen. Über den Rand flogen Gräten und Bröckchen verschiedenster Art auf den Boden: „Das ist ja wieder mal nur Abfall hier drin. Warum essen die Leute eigentlich so viele Muscheln und Schnecken? Was sollen wir denn wohl mit den Schalen anfangen? Bah!! Und Panzer von Krabben und Krebsen. Widerlich! Neuerdings nagen sie auch noch die Fischköpfe ab, weil irgendein Bourdain die Bäckchen zur Delikatesse erklärt hat. Wovon soll denn da unsereins noch leben?“

Leise ging GRRR II einen Schritt zurück. Die Katzen des Viertels waren wieder einmal schneller gewesen. Und sie hatten Recht: Die Abfälle aus der Küche der 'Molina' waren wirklich nicht sehr ergiebig. Neben dem Fraß, der schon den Unwillen der Straßenmiezen erregt hatte, gab es noch Knochen von Kaninchen und Ziegenlämmern, so lange in der Pfanne geschmort, dass auch das letzte Bröckchen Fleisch von ihnen abgefallen und von den Gästen des Hauses mit Genuss verzehrt worden war. Für den besten Freund des Menschen blieb da nicht viel übrig.

Der Hunger des Streuners wurde langsam quälend und entsprechend rutschte seine Laune in den Keller: „Wo steht eigentlich geschrieben, dass freilebende Tiere sich nur von Abfall ernähren dürfen? Warum betrete ich Restaurants allenfalls durch die Hintertür, wenn nicht schon an der Mülltonne Dinge nach mir geworfen werden?“ Natürlich kannte er die Antwort: „Die blöden Stöckchenholer, die armseligen Wachhunde, bellenden Yo-Yos und vierbeinigen Sofakissen, die degenerierten Zerrbilder unserer Spezies, sie werden gepäppelt! Warum? Weil der Mensch sie für nützlich oder einfach für putzig hält. Wer sich aber als Hund seine Würde und

Freiheit bewahren will, muss kämpfen. Jeden Tag und um jede Mahlzeit."

Inzwischen hatte der Wirt die Vordertür weit geöffnet und stand, schräg aber fröhlich pfeifend, im Eingang. GRRR II mochte Pablo, der nicht *jedes* Mal nach ihm trat. Gelegentlich hatte er ihm sogar einen Happen zugeworfen, der auf dem Teller eines Gastes zurück geblieben war: „Hau ab, Du hässliche Töle!", rief er ihm dann immer zu, aber es klang nicht böse.

Jetzt war das Restaurant noch leer und Pablo hielt Ausschau nach Gästen. Der Streuner blieb in der Deckung der Büsche und beobachtete das Geschehen, während das Knurren seines Magens immer drängender wurde: „Das kann dauern, bis hier Reste für mich anfallen. Bis dahin bin ich vielleicht verhungert."

Ein paar Minuten später kroch er unter dem geschlossenen Tor des Schulhofes durch. Er hatte Glück. Die Kinder saßen im Unterricht, also war er erst mal vor Steinwürfen sicher. Die Inspektion der Mülleimer erbrachte ein paar angebissene Wurstbrote. Nichts Tolles, aber es hilft einem weiter. Schade nur, dass die nahrhaften Teile oft in Papier und Brot verpackt waren und erst mühsam aus ihrer Umhüllung gezerrt werden mussten. Bald stand GRRR II in einem Haufen zerfetzter Tüten, Brotreste und anderem Müll und leckte sich die Schnauze: „Für den Moment reicht es." Im selben Moment kam Gonzo, der hinkende Hausmeister der Schule, um die Ecke gestolpert. Wild mit einem Besen fuchtelnd drohte er dem Hund alle Strafen der Hölle an, als gleichzeitig die scheppernde Klingel zum Schulschluss ertönte. „Zeit zu gehen!", dachte GRRR II und war verschwunden.

„Nicht der Fortbestand der Rasse sondern der Trieb, die individuellen, eigenen Gene weiterzugeben ist unmittelbares Ziel der geschlechtlichen Vereinigung." Irgendwo hatte der Streuner diesen Satz aufgeschnappt.

Angesichts der frisch geföhnten Spitzdame, die an einem Haken vor der Tür der Dorfapotheke angebunden, nervös herumsprang, erinnerte er sich grinsend daran: „Oder geht es doch zuerst um den Spaß?" Der Duft des Mädels jedenfalls signalisierte, den Geruch eines blumigen Shampoos mit Leichtigkeit übertönend, jede Menge Bereitschaft, sich mit wem auch immer auf einen Spaß einzulassen. Wie von einer Schnur gezogen näherte GRRR II sich dem Weibchen, das ihn schon lange bemerkt hatte. Beide wussten, dass ihnen nur ein kurzes Zeitfenster zur Verfügung stand. Also hielten sie sich nicht lange mit Schnuppern auf, sondern kamen gleich zur Sache. Das Kreischen einer bunt geschminkten Dame zerriss die Luft und plötzlich fanden sich die zwei im Mittelpunkt eines kleinen Menschenauflaufs: „Nun tu doch mal einer was! Was macht das Vieh mit meinem Schatz? Hau ab, du Mistköter!"

Füße kamen den Tieren bedrohlich nahe und jemand lief in die Apotheke. GRRR II wusste, gleich käme der obligatorische Eimer Wasser. Er gab noch einmal alles. „Schön war´s!", knurrte er dann seiner Partnerin ins Ohr und verschwand im Garten des Nachbarhauses.

Vorbei an einer Rabatte mit kurz geschnittenen Rosen, Ringelblumen und Geranien schlich er sich an der Hauswand entlang zur Hintertür, wo ein Schälchen mit frischem Wasser wartete. Die Bewohner des Hauses mochten es für ihre Katze dorthin gestellt haben, vielleicht auch für vorbeiziehende Streuner. GRRR II fühlte sich stark, jung und unbesiegbar. Er war satt, aber auch ein bisschen müde: „Siestazeit!", beschloss er und suchte sich ein ruhiges Plätzchen im Gebüsch.

In Agulo kommt der Abend zur Winterzeit früher, als anderswo. Schon am Nachmittag verschwindet die Sonne hinter der gewaltigen Felswand im Rücken des Dorfes. GRRR II spürte, wie die Kühle durch sein dünnes Fell in die Knochen drang. Er erhob sich und schüttelte Reste eines wilden Traums aus seinem Kopf und den Schlaf aus den dürren Gliedern. Ein leichter Trab hinunter zur Straße brachte seinen Kreislauf in Schwung: „Mal sehen, was der Tag noch zu bieten hat." An den Tischen vor der Bar 'Lila' saßen Männer beim Bier und gaben sich alle Mühe, mit ihren Stimmen den Fernseher zu übertönen, aus dem die Übertragung eines Fußballspieles dröhnte. Ein kurzer Blick sagte dem Streuner, dass er von diesen Burschen keine milden Gaben zu erwarten hatte. Möglichst unauffällig schlich er an der Kneipe vorbei und bog nach links in das Dorf ab.

Mit hellwachen Sinnen für unerwartete Chancen aller Art trottete er am Rand der gepflasterten Gasse in Richtung Kirche. Vorabendliche Stille herrschte. Nur ein griesgrämig dreinschauender alter Mann stakste, gestützt auf eine Krücke und leise vor sich hingrummelnd, den gleichen Weg entlang. Zwei Katzen mit rötlichem Fell hockten buckelnd auf der Mauer zur Rechten und bedachten den Hund mit halbherzigem Fauchen.

GRRR II ignorierte die Anmache und zog weiter, was den Miezen ganz Recht war. Trägheit lag über dem Dorf. Bald würden die Menschen ihren Aperitif nehmen und an gedeckten Tischen den Tag ausklingen lassen. Auch für den Streuner war es an der Zeit, sich eine Bleibe für den Abend und möglichst auch für die Nacht zu suchen.

Er wandte sich nach links, lief durch die Gärten hinauf bis zur Straße und stand kurz darauf wieder am Restaurant „La Molina". Die Tür stand immer noch weit offen und aus dem Inneren drang das Geklapper von Tellern und Besteck, immer wieder übertönt durch Pablos herzzerreißende Gesänge oder flotte Sprüche, mit denen er zur Erheiterung seiner Gäste wirklich alles und jeden kommentierte. GRRR II atmete auf: „Der Laden scheint ja ziemlich voll und der Wirt beschäftigt zu sein.

Umso besser! Abendessen, ich komme!"

Verhaltenes Gibbeln und flüsternde Kinderstimmen lenkten seine Aufmerksamkeit auf einen Tisch gleich rechts hinter der Tür. Zwei kleine Mädchen in rosa Sonntagskleidchen saßen dort. Ihre Beine baumelten zappelig von zu hohen Stühlen herab.Tuschelnd steckten sie die von Zöpfen mit Schleifchen gezierten Köpfe zusammen. Unter dem gestrengen Blick des Vaters verklang jetzt ihr fröhliches Gekicher. Ihre Blicke senkten sich auf die gefüllten Teller vor ihnen: „Ihr könntet Euch doch bitte *einmal* wie große Mädchen benehmen!" Der Vater wendete sich wieder seinem Essen zu. Die Erwachsenen schaufelten stumm und konzentriert ihre Teller leer, als handle es sich um eine lästige, aber unvermeidliche Pflicht. Die Mädchen stocherten ohne Vergnügen in ihrem Essen herum. Der Spaß an der Mahlzeit war ihnen vergangen. Die Jüngere stieß jetzt ihre Schwester an und wies mit einem Nicken zur Tür. GRRR II kam, den Bauch fast am Boden und die Ohren gespitzt, herein gekrochen. Mit bittendem Blick zu den Kindern drückte er sich vorsichtig an der Wand entlang und war bald darauf unter dem Tisch der Familie verschwunden. Zwischen den Mädchen rollte er sich auf dem Boden zusammen und sah mit großen Augen zuerst dem einen und dann dem anderen Kind ins Gesicht. Die Größere reagierte sofort. Nach einem sichernden Blick zu ihren Eltern teilte sie die Hähnchenbrust auf ihrem Teller in zwei Hälften und ließ mit einer dezenten Bewegung einen Teil unter den Tisch gleiten. Der Hund nahm das Fleisch dankbar zwischen die Zähne und begann zu essen. Staunend sahen die Kinder heimlich zu, wie schnell der Brocken im Bauch des Streuners verschwunden war. Auch das jüngere Mädchen hatte inzwischen sein Fleisch zerteilt. Aufgeregt griff die Kleine nach einem dicken Stück Hühnerbrust. Leider gelang ihr das nicht so unauffällig wie ihrer großen Schwester. Dicke Champignonsauce quoll zwischen den Fingerchen hervor und kleckerte auf Tisch und Boden. Zudem bildete sich auch noch eine klumpige, braune Schmierspur auf dem rosa Kleidchen. Dann wurde es hektisch: Ein spitzer Schreckenslaut entglitt der Kehle des Kindes. Mit gehobenen Brauen sah der Vater auf, erfasste die Situation nur teilweise, begann aber sofort zu schimpfen. Die Mutter hatte die Flecken auf dem Sonntagsstaat des Töchterchens erspäht und ging mit einer Serviette darauf los. Das Mädchen ließ den Fleischbrocken fallen. GRRR II schnappte ihn sich mit einer Drehung des Körpers und stand plötzlich mit den Hinterpfoten auf den Füßen der Oma, die erschreckt aufsprang und ihm einen ordentlichen Tritt verpasste. Mit seiner Beute in der Schnauze sprang der Hund unter dem Tisch hervor, zwischen den Beinen der Mutter hindurch. Diese stolperte und landete, die Serviette zur Reinigung ihrer Tochter in der erhobenen Hand, mit Brust und Bauch auf den Tellern der beiden Mädchen. Entsetzt und bekleckert ließ sie sich auf ihren Stuhl zurück sinken. Ihr Gesicht hatte alle Farbe verloren. Der Vater suchte nach Worten und die Kinder saßen unbewegt auf ihren Stühlen, die Hände brav auf der Tischkante, die Augen zum Himmel. Für einen kurzen Moment war es ganz still im Lokal. Dann war zuerst der Wirt zu hören: „Hau ab, du hässliche Töle!" Mit drohend erhobener Faust stand er in der Tür. Sein Grinsen konnten die Gäste nicht sehen. GRRR II rannte die Auffahrt hinunter, ohne den Griff seiner Zähne zu lockern. Wenigstens das Fleisch war gerettet.

„Besser, ich ziehe mich dezent zurück. Für heute hat es gereicht." Mit vollem Bauch rollte sich der Streuner unter den Büschen hinter dem Parkplatz zusammen. Zufriedene Trägheit ließ ihn die Kälte ignorieren, die sich bereits anschickte, in seine Knochen zu kriechen. Für den Moment genoss er das seltene Gefühl der

Sättigung. Mit fast geschlossenen Augen segelte er in einen angenehmen Dämmerzustand, während seine Erinnerung Bilder der Vergangenheit ausgrub. Die fast kahl rasierte Pudeldame mit Apfelaroma war plötzlich wieder präsent. An Pfoten und Schwanzende hatte man ihr Bällchen aus gelocktem Haar gelassen. Er hatte sie anfangs für zickig gehalten, dabei war ihr nur das samtene Mäntelchen in rot mit goldenen Passen so unsagbar peinlich gewesen. Man hatte sich beschnuppert und dann war die Party losgegangen. Was für ein wildes Herz unter dieser albern gestylten Oberfläche geschlagen hatte. GRRR II glaubte, die Erregung wieder zu spüren. Dann war diese kreischende Frau aufgetaucht, die dem Pudelmädchen so ähnlich sah. Als sie an der Leine der Hündin zerrte, um das Paar zu trennen, war das unglaubliche geschehen: Die 'lebende Handtasche' hatte ihren Stolz gespürt, war plötzlich wieder ganz Hund gewesen und hatte ihrer HERRin in die Hand gebissen. GRRR II fühlte wieder seinen zärtlichen Abschiedsbiss in den kahlen Nacken der Partnerin. Was für ein Mädchen! Weiter glitt er in die Tiefen seiner Erinnerung.

Ein einziges Mal hatte er die Partnerschaft mit einem Menschen ausprobiert. Rob war, wie er, ein Streuner gewesen. Aus leeren Bierdosen hatte er Schälchen, Aschenbecher und verschlungene Gebilde gefertigt, die er "Mandala" nannte und an Touristen verkaufte. Zu diesem Zweck hatte er am Busparkplatz auf einer Decke gehockt, seine Produkte und etliche Dosen, die vor der Verarbeitung noch zu leeren waren, um sich verstreut. Mit letzterem verbrachte Rob einen großen Teil seiner Zeit. Das Geschäft lief äußerst bescheiden. Auf einer Ecke, die GRRR II zugewiesen war, stand ein Schälchen mit einem Schild: „Für den Hund!" Passanten warfen dort manchmal Geld hinein, das Rob allerdings ausschließlich in weitere volle Dosen investierte. Für

Nahrung hatte das Tier weiterhin selbst zu sorgen. Es hatte nicht lange gedauert, bis GRRR II, am Nutzen dieser Partnerschaft zweifelnd, seiner Wege gegangen war: „Aber so ganz allein..." Ein Ziehen ging durch seine Brust, als er an den alten GRRR, seinen Freund und Mentor dachte: „Hoffentlich geht es Dir gut, dort, wo Du jetzt bist!"

Der folgende Tag begann sonnig, aber der Streuner musste ein ganzes Stück rennen, um die Kälte der Nacht aus seinen Knochen zu vertreiben. Es war Sonntag und die Schule war leer. Ebenso die dortigen Mülltonnen. Sein Streifzug um die Häuser hatte schon eine ganze Weile gedauert: „Wenn mir nicht bald ein Frühstück über den Weg läuft, werde ich an der „Molina" nach etwas zu essen sehen müssen." Manchmal hatte der Wirt ihm ein übrig gebliebenes Kotelett, einen Knochen oder ein paar Fleischabschnitte hinterher geworfen, immer mit den Worten: „Hau ab, Du hässliche Töle!" Auch die Mülltonne dort war - mit Einschränkungen - gehaltvoller als die meisten anderen im Dorf. Aber nach seinem gestrigen Auftritt war der Hund sich nicht sicher, ob es wirklich klug sei, dort sein Glück zu versuchen.

Die Nase am Boden, trabte er kreuz und quer durch das Dorf, bis er schließlich am Rande der Hauptstraße stand, ohne auch nur den kleinsten Happen aufgetrieben zu haben. Über ihm schimmerte das „La Molina" durch die Bäume und ohne darüber nachzudenken, fand er sich plötzlich doch am weit offenen Küchenausgang des Restaurants.

Ein dumpfes Scheppern trieb ihn in den Schutz eines Blumenkübels. Der Abfalleimer lag neben der Tür auf dem Boden. Sein blecherner Deckel rollte klappernd den Hang hinab. Aus der hin und her pendelnden Tonne ergossen sich Essensreste aller Art sowie zwei magere, graue Katzen, die hastig das Weite suchten. Gleichzeitig kam Pablo aus der Küche gesprungen. Von den pelzigen

Räubern sah er nur noch die in den Büschen verschwindenden Hinterteile, denen er wütend einen halben Apfel hinterher warf: „Haut ab! Mistviecher!"

Fluchtbereit hockte GRRR II in seinem Versteck. Gerne wäre er jetzt unsichtbar gewesen oder wenigstens noch ein bisschen kleiner. Schwanz oder Kopf, für eins von beidem bot der Schatten des Kübels nicht genug Platz. Und Pablos Stimme klang ziemlich wütend: „Kommt zurück! Banditen! Ich mache mir eine Mütze aus eurem Fell, Ihr Strolche!" Dabei stellte er den Abfalleimer wieder an seinen Ort und machte sich daran, die auf dem Boden verstreuten Abfälle auf eine Schaufel zu fegen um sie in der Tonne zu versenken.

Als er gerade ein paar Knochen zusammenschob siegte bei dem Streuner der Hunger über den Verstand: „Knochen? Das sind ja halbe Koteletts! Die schmeißt der jetzt weg!" Der Mut der Verzweiflung trieb ihn hinaus. Mit einem Satz stand GRRR II vor dem Müllhaufen und starrte hoch zum Wirt. Aus Vorsicht vermied er es, seinen Namen zu nennen. Statt dessen ließ er ein erbärmliches Winseln hören, wobei er den Kopf schräg stellte und Pablo treuherzig in die Augen sah. Fast unmerklich näherte er sich dabei der begehrten Mahlzeit. Eine gewisse Scham über seinen Opportunismus quälte ihn nur am Rande: „Manchmal muss man halt zur List greifen.", beruhigte er sein Ehrgefühl und presste noch ein flehendes Fiepen hervor.

Zum Glück konnte man sich auf das sonnige Gemüt des Wirtes verlassen. Nach einem Moment des Schreckens hatte der die Situation erfasst und ließ mit einem grinsenden: „Du schon wieder!", den erhobenen Besen sinken. Mit kräftigen Strichen fegte Pablo um den ersehnten Knochenhaufen herum. Wie zu sich selber sprach er dabei vor sich hin:

„Ich denke, Du verstehst, was ich Dir sage. Diese Abfälle sind gute Nahrung und davon fällt bei mir jeden

Tag etwas ab. Ich habe nichts dagegen, wenn Du Dir das Zeug genau hier und genau mittags abholst. Aber so eine Show wie gestern will ich nie wieder erleben. Das Restaurant ist Tabu für Schnorrer aller Art. Ist das klar? Und die Mülltonne bleibt auch hier stehen!"

GRRR II war sich nicht sicher, ob das eben Gehörte Wirklichkeit war oder eine Halluzination, die der Hunger ihm eingegeben hatte. Mit hängenden Ohren robbte er mehr, als dass er schlich, auf die Leckereien vor seiner Nase zu, immer ein Auge auf den Wirt gerichtet. Der stand mit gespreizten Beinen vor dem Streuner und sah nachdenklich auf ihn herab: „Ich kann nicht von Dir erwarten, dass Du Katzen oder gar Ratten fernhältst. Aber wenn Du Dich hier regelmäßig herumtreiben würdest, hätten sie vielleicht ein bisschen mehr Respekt. Das wäre mir sehr Recht. Mal sehen, vielleicht werden wir zwei noch so was wie Partner. Wie heißt Du eigentlich?"

Der Hund blieb stumm. Er wollte eine gerade entstehende Vertrautheit nicht gefährden. Dafür widmete er sich jetzt mit Hingabe seinem Frühstück. Vorsichtig, aber an Ort und Stelle. Mit gerunzelter Stirn sah der Mann ihm dabei zu: „Ich werde Dich 'Feo' nennen, denn das bist Du ohne Zweifel. Hässlich." Pablo schaufelte seinen Kehrichthaufen zurück in die Tonne und ging lächelnd ins Haus: „Also Feo! Bis morgen!"

Als GRRR II seinen Hunger gestillt hatte, war von den Knochen - was heißt hier Knochen, halbe Koteletts hatte er mit Genuss vertilgt, und davon nicht zu wenig - kein Krümel mehr übrig. Der Hund streckte sich wie eine Katze am Ofen, leckte sich noch einmal die Schnauze und stolzierte in der Mitte der Auffahrt zur Straße hinunter, als hätte er sich noch nie ängstlich durch die Büsche hierher geschlichen. Zufriedenheit kämpfte in seinem Herzen mit ungekannter Verwirrung: „Bin ich jetzt auf der schiefen Bahn zum Haustier? Wie kann mein Stolz es zulassen, dass ich einen Deal mit einem Menschen eingehe? Andererseits: wann war ich das letzte Mal so satt, ohne mich nach der Mahlzeit vor Steinwürfen in Sicherheit bringen zu müssen?"

Die nächsten Stunden verbrachte der Streuner in tiefer Nachdenklichkeit. Lange lag er halb dösend auf einem Mäuerchen im unteren Teil des Dorfes zwischen Terrassen mit Bananen und Kartoffeln. Als die Sonne sich hinter den Berg zurückzog und eine unangenehme Kühle unter sein dünnes Fell kroch, machte er sich auf den Weg zum Bushäuschen. Dabei nahm er nicht den direkten Weg. Vielmehr trabte er kreuz und quer, wie ein Tourist beim Abendspaziergang, durch die Gassen des Dorfes, bis es dunkel wurde.

Der letzte Bus war längst abgefahren. Der Streuner drehte sich ein paar mal um sich selbst, dann legte er sich im Windschatten des Unterstandes auf den Boden und schloss die Augen. Er brauchte dringend einen Rat. Das Erlebnis mit Pablo erschien zum hundertsten Male vor seinem inneren Auge und verlangte eine Entscheidung, die das Zeug hatte, sein Leben, seine Sicht der Dinge und seine Stellung in der Welt total über den Haufen zu werfen.

GRRR II gab das Denken auf und segelte hinüber in einen Zustand zwischen Tag und Traum. Es war nicht nötig, Fragen zu formulieren. Sein alter Freund und Mentor hatte auch nicht auf einen Ruf gewartet, er war einfach da. So, als läge er leibhaftig an der Seite seines Ziehsohnes, nur dass keine Worte nötig waren, nicht einmal Blicke: „Du musst Deinen Weg gehen, mein Junge, wie er sich Dir bietet. Tu, was Du für richtig hältst. Nur eines solltest Du niemals vergessen, nämlich wer Du bist. Lass Dir den Stolz auf Deinen Namen nicht nehmen. Lasse Dir niemals ein Halsband umhängen und solltest Du einmal Deine Würde vermissen, so sei sicher: Sie liegt auf der Straße. Dann musst Du entscheiden, wie

wichtig sie Dir ist und ob Du ihr folgen willst." Ein
Schütteln ging durch GRRRs Körper. Er sah auf und
wusste plötzlich, was zu tun war: „Mach's gut!", klang
es wie ein Echo in seinem Kopf. „Du auch!"

Die Veränderungen, welche sich nach diesem Tage in
GRRRs Verhältnis zu seiner Umwelt und an ihm selbst
vollzogen, kamen langsam, aber sie waren tiefgreifend.
Gegen Mittag fand er sich nun fast täglich am
Mücheneingang der „Molina" ein, wo Pablo mit einer
Schüssel erlesener Fleischabfälle auf ihn wartete. Der
Wirt hatte es sich zur Gewohnheit gemacht, dem
Streuner beim Fressen zuzuschauen und dabei zu ihm zu
reden: „Verdammt heiß ist es heute. In der Küche noch
mehr als hier draußen." Manchmal sagte er auch Dinge
wie: „Weißt Du, Feo, du scheinst ein kluger Kerl zu
sein. Schade, dass Du nicht reden kannst.", oder: „Oh
Feo, was gehen mir heute die Gäste auf den Sack.
Warum erzählst Du mir nicht mal was aus Deinem
Leben? Das wäre bestimmt lustiger als das oberschlaue
Gequatsche der Leute."

GRRR II pflegte bei solchen Gelegenheiten, seinem
Wohltäter wissende Blicke zu schenken. Manchmal tat
es ihm selber leid, dass man nicht ohne Umstände mit
einander reden konnte, eine Einschränkung, die er früher
nie vermisst hatte. Bald ließ der Wirt es auch zu, dass
der Hund auf einen Sprung, eine Schüssel Wasser, das
Lokal betrat. Wenn die Leute dann nach dem Namen des
Tieres fragten bekamen sie zur Antwort: „Feo!"

Im Dorf vermied der Streuner es nun, sich an
Häusern und Mauern vorbei zu quetschen oder sich unter
Büschen zu verstecken. Er spazierte grundsätzlich ohne
Hast auf der Mitte des Gehweges. Kinder, die
leichtsinnig genug waren, einen Stein gegen ihn zu
erheben, wurden von den Alten gerügt oder bekamen
etwas auf die Finger. Wenn er mal schlechte Laune hatte
und in seinem Grimm ein Auto oder einen Bus zum

Schleudern brachte, sagten die Leute nur: „Ach, dieser Feo!" Er wurde im Laufe der Zeit so etwas wie ein Nachbar, ein geachteter Mitbewohner. Nicht alle Bürger mochten ihn. So begegneten ihm die Eigentümer von Rassehündinnen und leichtsinnige Hühnerhalter mit berechtigtem Misstrauen. Aber wenn er mal ein paar Tage nicht im Dorf gesehen wurde, fragten die Leute einander besorgt: „Hast Du heute schon den Feo gesehen? Wo bloß der Feo steckt?"

Ja, Pablo hatte ihm einen Namen angehängt, den er nicht mehr loswurde. Aber warum auch, das Leben war einfacher geworden, ohne dass er es nötig hatte, sich zu verbiegen. Das Verhältnis zwischen Pablo und GRRR II war von Respekt und Vertrauen geprägt. Niemals hatte der Wirt versucht, ihm ein Halsband anzulegen oder ihn auf andere Weise zu ketten. Die Leute im Dorf aber dachten: „Feo gehört zu Pablo, einem geachteten Nachbarn. Also achten wir seinen Hund wie den Herrn, der auch nicht schlecht zu dem Tier ist."

In Würde und Freiheit genoss GRRR II seine Jahre. Nur manchmal kamen ihm Fremde, Kinder oder Hunde, zu nahe und er musste von seinem wirklichen Namen Gebrauch machen. Ein Hundeleben konnte nicht besser sein. Nur sein linkes Auge ärgerte ihn, es wollte einfach nicht aufhören, zu tränen. Auch mit dem Rechten sah er nicht mehr so gut wie früher. Seine Hüften machten sich immer öfter mit einem reißenden Schmerz bemerkbar, ein Andenken an längst vergangene Zweikämpfe.

Er erwischte sich dabei, wie er mit trübem aber kritischem Auge junge Rüden beobachtete. Die kleinen mit Hyänenfell und fuchsartiger Schnauze interessierten ihn besonders. Es gab sie in gestreift und getupft, in struppig und glatt. Mit Wehmut dachte er an ihre Mütter. Einige hatte das Schicksal an die Leine gelegt. Den meisten seiner Nachkommen jedoch war eine Existenz als Haustier erspart geblieben: „Zu hässlich!", sagten die

Leute, oder: „Schwer erziehbar!" Mit einem inneren Lächeln sah er zu, wie sie ihr Leben meisterten, gab Ratschläge und merkte sich gut, wer von ihnen Haltung und Anstand zeigte. Ein blonder Rüde, die Leute riefen ihn 'Rubio', machte ihm besonders viel Freude. Vital und selbstbewusst lebte er sein Streunerleben, friedlich aber ohne Kompromisse. Ohne es wirklich zu wollen war GRRII in den Abendstunden fast täglich in der Nähe des Bushäuschens zu finden. Wenn ihn dann sein Rücken plagte und aus seinem kranken Auge der Ausfluss auf den Boden tropfte, wurde ihm das Herz schwer. Der letzte Abend des alten GRRR fiel ihm ein und die Jungen zogen wie in einer Parade an seinem inneren Auge vorbei. Es fiel ihm schwer, das einzusehen aber bald würde sich der Kreis schließen: „Nicht heute!", sagte er sich dann. „Nicht heute, aber bald."

Ein voll besetzter Bus kam in zügigem Tempo die Straße herunter, direkt auf ihn zu. GRRR III sah auf, dem erschrockenen Fahrer direkt in die Augen und rührte sich nicht. Als die dröhnende Hupe ertönte, konnte GRRR III nur noch das Blau der Frontseite sehen. Der Fahrer war zu weit über ihm. Der Bus machte einen scharfen Schlenker nach rechts, brauste haarscharf am Bürgersteig und links an dem ungerührt dastehenden Hund vorbei, während er ein weiteres Tröten hören ließ. Schlingernd fand er in seine Spur zurück:
„Meine Straße!"

ENDE

5 KRAFTORT

Etwa sechshundert Jahre zurück. Zwei Männer knieten am Rande eines steinigen Hochplateaus und sahen ins Tal. Sie waren sonnenverbrannt, aber von heller Hautfarbe. Ihre Kleidung bestand aus Ziegenfell. Die langen Stöcke, welche neben ihnen auf dem Boden lagen, wiesen sie als Hirten aus: „Ein toller Platz ist das hier. Der Blick reicht so weit, das Tal ist so saftig und grün. Da wird uns nicht eine Ziege verloren gehen." Yenai schmunzelte zufrieden: „Und alle werden satt!" „Hinterher klettern braucht man den Viechern auch nicht, die sind glücklich, wo sie sind." Ruíman war stolz auf sich, denn die Wahl dieses Platzes war seine Idee gewesen. Nur eine Kleinigkeit machte ihm Sorgen: „Wir sollten den Anderen aber nichts davon erzählen, dass wir die Tiere von hier aus bewachen. Schließlich ist dies ein heiliger Ort." Wahrscheinlich hatten die Priester nichts dagegen, den Platz der Zeremonien als Ausguck zu nutzen, aber man weiß ja nie. Sie mussten nur gut darauf achten, die magischen Steinlegungen, den Opferaltar und die Becken für Trank – und Blutopfer nicht zu berühren.

Auf jeden Fall gestaltete sich das Ziegenhüten von hier oben aus sehr kräftesparend. Zwischen den Männern lag eine kleine Steinplatte. Yenai hatte ein Gitter aus Quadraten hinein geritzt: „Du fängst an!" Mit einem spitzen Stein ritzte Ruiman ein spiralförmiges Muster in das mittlere, obere Feld. Dabei biss er sich vor angestrengter Konzentration fast die Zungenspitze ab. Schweiß stand auf seiner Stirn: „Dass ich niemals einen richtigen Kreis hinkriege!" Sein Kumpel grinste erhaben und kratzte ein Kreuz in ein angrenzendes Quadrat, worauf er den Kollegen herausfordernd ansah. Der versuchte sich erneut an einem Kreis: „Wieder nichts!" Eine zweite Spirale prangte jetzt direkt neben der ersten. Yenai fügte erneut ein X hinzu: „Jetzt geht es ums Ganze!" Ruíman zog seine Stirn in Falten: „Das wird nichts mehr!" „Stimmt!" Mit überlegener Geste machte Yenai sein drittes Kreuz: „und ... Toe! Wieder gewonnen!"

„Das ist ein Spiel für Bekloppte!" Ruíman nahm den Stein hoch und warf ihn hinter sich, wie ein Stück Altpapier. Sein Blick suchte und fand einen flachen, unbeschriebenen Stein, in dessen Mitte er einen dicken, langen Strich zog. Dabei brach eine kleine Kerbe aus der Oberkante. Dann stand er auf und bückte sich nach kleineren Steinchen, die er in einem Zipfel seines Lendenschurzes sammelte. Auffordernd sah er seinen Kollegen an: „Schützenfest!" Der hatte bereits einen kleinen Steinhaufen vor sich aufgebaut: „Du hast den ersten Wurf! Der dicke Lorbeer da hinten ist das Ziel." Yenai zielte sorgfältig, holte aus und traf. Zufrieden machte er einen Strich auf der linken Seite der Tafel. Ruíman stand ihm in nichts nach. So ging es eine ganze Weile. Jeder Treffer wurde notiert und als die Platte voller Striche war, kam die Auszählung. Diesmal hatte Ruíman gewonnen.

„Und was machen wir jetzt?" Yenai ließ seinen Blick über das Tal gleiten, blinzelte zur Sonne und hob bedauernd die Schultern: „Die Viecher zusammentreiben und melken!"

Vor fünfzehn Jahren, am gleichen Ort. Die Fläche war von dem ohnehin spärlichen Buschwerk gesäubert worden. An einen Pfahl gebunden quengelte eine winzige, schwarz – weiß gescheckte Ziege. Der große Schamane Morazon stapelte herumliegende Steine zu einem etwa einen Meter hohen Pfeiler, auf dem er einen gusseisernen Gänsebräter zu befestigen versuchte.

Gleichzeitig schnauzte er seine hagere Assistentin Botrytis an: „Ist jetzt endlich der heilige Wein in der Amphore oder muss ich das auch selber machen? Die Schüler werden bald hier sein und nichts ist gerichtet. Verdammt noch mal!" Botrytis sah traurig an ihrem durchnässten, sauer riechenden Wickelkleid herunter: „Wir hätten eine Schere für die Tetrapacks mitbringen sollen. Mein Kleid ist hin!" Vorsichtiger als die letzte riss sie noch eine weitere Tüte 'Winzertropfen' auf und goss sie in die Bodenvase zu ihren Füßen: „Der Ritus wird ja sowieso nackt abgehalten. Keine Sorge!", beruhigte sie der Meister. Die Frau musterte das Umfeld: „Hier scheinen öfter mal schamanistische Rituale abzulaufen, wenn ich mir die Steine hier anschaue..." Morazon brachte das überlegene Grinsen hervor, das ihr immer so kribbelnd unter die Haut ging: „Sieht so aus! Aber das können nur Stümper gewesen sein. Das bisschen Asche in der ollen Steinmulde... Wahrscheinlich haben die Regenwürmer geopfert." Dabei ging sein grimmiger Blick zu der Ziege, deren Protest immer kläglicher wurde. Botrytis stellte den Wein ab und schob dem klagenden Tier eine Schüssel mit Wasser hin: „Aber das arme Tier hier wird auch nicht umgebracht!" Morazon kniff kritisch die Augen zusammen: „Nein?" „Aber Chef, die Hälfte Deiner Schüler sind Veganer!" „Und warum sagt mir das keiner?" Die Assistentin hatte inzwischen einen ganzen Karton 'Winzertropfen' in der 'Amphore' versenkt, die jetzt auf einem steinernen Podest stand. Daneben lag eine grobe, aus Holz geschnitzte Suppenkelle für das Trankopfer. „Botrytis!", der Meister war immer noch beim Thema 'Opferung': „ Und was wird jetzt mit der Ziege? Und was bitte schön bieten wir den Geistern an?" „Ach, die Ziege...", dabei kramte sie suchend in einer Kiste am Boden: „die lassen wir notfalls frei, die kommt schon zurecht. Für das Opfer können wir das hier nehmen." Sie hatte es endlich gefunden und hielt es Morazon unter die Nase.

„Ein tiefgefrorenes Huhn?" Der Schamane wollte es nicht glauben: „Und was sagen die Veganer *dazu*?" Die Assistentin versuchte ein souveränes Lächeln: „Na, wenigstens blutet es nicht mehr. Und die Geister..." „Genau!", der Meister fand sein Gleichgewicht wieder: „Die lassen sich nicht vorschreiben, was sie verzehren sollen." Schnell warf er ein paar Würfel Parrafin in den Bräter und stellte eine Flasche Spiritus bereit: „Das Huhn passt auch besser auf den Altar." Botrytis nickte eifrig mit dem Kopf: „Und das gibt auch nicht wieder so eine Sauerei."

Am Knacken im Gebüsch unterhalb der Plattform erkannte Morazon, dass seine Schüler auf dem letzten Stück ihres Pilgerpfades angekommen waren. Auch eine kräftige Stimme war zu hören: „Gleich betreten wir den heiligen Hain. Dann bitte ich um Ruhe.", Strobilantes, sein zweiter Assistent, sprach extra laut, um den Chef rechtzeitig vorzuwarnen: „Und bedenkt, dass der Hain nur nackt betreten werden darf." Botrytis schüttelte sich. Die Passatwolken hatten sich angeschickt, das Plateau in feuchtkalten Nebel zu hüllen. Ein strenger Blick des Meisters und sie schickte sich in das Unvermeidliche. Schaudernd wickelte sie ihren dürren Körper aus dem wärmenden Rock.

Bald standen etwa zwanzig nackte, nach Erleuchtung strebende Menschen unseres Jahrhunderts im Kreis um Morazon, der die Hände zum Himmel erhoben hielt. Vor ihm schlug eine fettig qualmende Flamme aus einem Gussbräter. Es roch nach Grillabend mit zuviel Schnaps: „Und jetzt nimmt jeder von Euch einen Stein vom Boden auf, hebt ihn zum Himmel, küsst ihn, zeigt ihm die vier Windrichtungen und legt ihn hier vor den Altar." Fast alle Teilnehmer hatten ihr Exerzitium vollendet, als sich plötzlich die Männer vom Forstamt durch das

Gebüsch schlugen. Sie hatten einen Pulverlöscher dabei und wollten von einer Anzeige bei der Polizei absehen, wenn der Spuk in zwanzig Minuten vorbei sei.

Dieses Frühjahr, selber Ort. Prof. Walter Graber war dem Trägerverein seines Lehrstuhles über alle Maßen dankbar. Man hatte ihm einen Etat für eine ausgiebige Grabung zur Verfügung gestellt. Natürlich war ihm klar, dass die spanischen Eroberer zu ihrer Zeit hier keinen Stein auf dem anderen gelassen hatten. Er wusste auch, dass alles, was über die Altkanarier bekannt war, von hexen – und zaubergläubigen Wanderpredigern und charakterlosen, nahezu analphabetischen Marodeuren stammte. Er wusste das, aber es machte ihn traurig. Sein Ehrgeiz galt dem Versuch, wenigstens ein ungefähres Bild der Lebens – und Geisteswelt dieses als Stückvieh verschacherten und gemordeten Volkes zu schaffen. Eine archäologische Ausgrabung auf diesem besonderen Hochplateau *musste* einfach weiteres Licht ins Dunkel bringen. Es war nach Form und Lage wie geschaffen für einen Kultplatz oder etwas ähnlich wichtiges. Er war sicher, hier neue Erkenntnisse zu gewinnen. Vielleicht auch eine kleine Sensation, die es erleichtern könnte, Geld für weitere Forschungen aufzutreiben.

Vorsichtig hatte er mit seinen Studenten den Bewuchs der Plattform entfernt. Dann wurde auf das Sorgfältigste die Lage jeden Steines vermessen und skizziert. Es folgten Altersbestimmungen gefundener Materialien wie Asche, Knochen, Holz und Holzkohle. Eine Steinsetzung von einem Meter Höhe war besonders interessant. Sie wurde auf Zeichnungen und Fotos festgehalten während man sie sorgsam abtrug, um sie im Dresdener Museum für Ethnologie wieder aufzurichten. Zur Überraschung der Wissenschaftler fand sich mitten darunter die Verpackung eines gefrorenen Suppenhuhns, dessen Haltbarkeit vor etwa fünfzehn Jahren abgelaufen war. Die Arbeiten nahmen ein halbes Jahr in Anspruch.

Die Ergebnisse waren letztlich noch konfuser, als die Berichte der Pfaffen und Mordbrenner vor fünf – oder sechshundert Jahren. Es war auch eindeutig, dass erst in jüngster Zeit hier irgendwelche Rabauken mit den Zeugnissen einer untergegangenen Kultur ihre Späße getrieben hatten.

Prof. Graber musste seinen Hass auf diese Leute unterdrücken. Er wäre bitter enttäuscht gewesen, aber zwei Artefakte waren zweifellos echt und warfen ein sensationelles Schlaglicht auf die Kultur der Guanchen. Ihre Interpretation gab noch Rätsel auf, aber sicher handelte es sich um Gegenstände kultischer Handlungen mit kosmologischer Thematik. Ein flacher Stein hatte am Rande der Plattform gelegen. Seine Oberfläche war mit einem kleinen Gitter überzogen. Kreuze und Spiralen, sicher Symbole von Himmelskörpern, waren darauf in geheimnisvoller Weise verteilt. Dann gab es noch eine Tafel etwa gleicher Größe, die man in der Nähe der ersten gefunden hatte. Auf den ersten Blick zeigte sie nur Striche, die alle in die gleiche Richtung liefen. Das Besondere aber war eine Kerbe an der vorderen Kante. Ein dort senkrecht eingesteckter, gerader Stab, der nicht gefunden wurde, ergab zusammen mit einer runden Tonscheibe, von der leider nur eine kleine Scherbe erhalten blieb, die perfekte Sonnenuhr, nach Jahreszeit verstellbar.

ENDE

6 MIRO

Eine der wildesten Landschaften unserer Insel ist die Gegend um die Küste von Alojera. Dunkel verfärbte Felswände, steil und zerrissen, zeugen von Felsstürzen, die über Jahrmillionen ein bizarres, bedrohliches Profil geschaffen haben. Wer am Fuß dieser brüchigen Kulisse inmitten herumliegender Felsbrocken aller Größen steht und hinaufschaut, wird das bange Gefühl nicht los: Dieser Prozess ist noch nicht beendet!

Auch die See zeigt an dieser Küste ein Bild ungezügelter Gewalt. Schäumende, hoch aufgetürmte Wellen zernagen abgestürztes Gestein zu Schotter und Kieseln. Podeste aus Beton, Stein und Stahl, vor Jahren von Optimisten erbaut, um auch hier eine Möglichkeit zum Baden zu schaffen, sind längst aufgefressen von der unersättlichen Flut. Ihre Reste dienen heute abenteuerlustigen Anglern als Standort.

Eingequetscht zwischen Steilküste und Meer führt ein Gässchen, meistens als Treppe, zwischen ein paar flachen Häusern hindurch zum Meer. Ein kleines Restaurant bietet dort auf einer schmalen Terrasse gomerisches Essen an. Vor allem sein stets fangfrischer Fisch ist auf der ganzen Insel beliebt. Zwischen Blumen und Sträuchern in Betonkübeln und in Spalten und Nischen zwischen den Häusern hat sich mit den Jahren eine beachtliche Katzenpopulation entwickelt. Obwohl der Wirt mit den Tieren auf Kriegsfuß steht, tragen die Reste von den Tellern seiner Gäste einen guten Anteil zu ihrer Ernährung bei. Eine herausragende Persönlichkeit dieses Katzenclans ist Miro. Ihn als 'Patriarch' der Sippe zu bezeichnen, würde seiner tatsächlichen Rolle nicht gerecht. Zwar ist er der Vater so ziemlich jeden Tieres hier, das weniger Jahre zählt als er selbst. Das hält ihn aber keineswegs davon ab, sich über alles Weibliche in seinem Clan, ob Mutter, Schwester, Tante oder Tochter nach Belieben her zu machen. Gelegentlich besteigt er sogar andere Kater, wenn auch nur, um klarzustellen, wer der Boss ist.

Der Kopf des Ungeheuers gleicht einer Kugel aus grauen Lumpen mit zwei ausgefransten Zipfeln, wo bei anderen Tieren die Ohren sind. Tiefe Narben quer über den Schädel zeugen davon, dass ihm seine soziale Stellung nicht geschenkt wurde. Sein grau getigertes Fell jedoch glänzt seidig und glatt in der Sonne und wer genauer hinschaut stellt fest, dass Miros Narben alt sind. Schon lange hat er das Kämpfen nicht mehr nötig. Überhaupt ist sein Völkchen vorbildlich abgerichtet. Nie sieht man ihn klagend um die Tische der Gäste streichen. Stets liegt er abseits, auf einem sonnigen Plätzchen und pflegt mit Hingabe sein Äußeres. Ein Blitz aus seinen gelben, stechenden Augen jedoch genügt, und einer seiner Untertanen legt ihm beflissen das beste Stück der eigenen Beute vor die Nase.

Miro ist unglaublich fett und wirkt so behäbig, wie sein komfortabler Lebenswandel erwarten lässt. Die Damen vom Tierschutzverein wissen, dass dieser Eindruck täuscht. Zwei mal im Jahr kommen sie her und fangen Tiere ein, um sie dem Tierarzt zur Kastration auszuliefern. Der schneidet zur Identifikation der behandelten Kater eine kleine Ecke von deren Ohr ab. Bei Miro wäre so ein Schnitt zwar nicht auszumachen, aber es ist auch noch nie jemandem gelungen, ihn einzufangen.

Nur wenige Häuser hier unten sind ständig bewohnt, denn der Ort liegt ein ganzes Stück abseits von Allem. Dafür ist er ein Hort der Ruhe. Die Ferienwohnungen an der Küstenlinie sind ein beliebtes Feriendomizil für Menschen, die mit sich selbst zurecht kommen, keinen Trubel brauchen und die bizarre Landschaft genießen können. Mancher nimmt die herbe Schönheit dieses Fleckchens Erde als bedrohlich wahr, aber von einem geeigneten Standort aus haben selbst Vulkanausbrüche ihre Ästhetik.

Lies und Chris leben seit einiger Zeit im schönen, aber belebten Valle Gran Rey. Sie genießen dort ihren Ruhestand, die Nähe guter Restaurants und die Nachbarschaft vorwiegend netter Mitmenschen. Nur manchmal zieht es sie hinaus, dann verbringen sie ein paar Tage in einem ruhigeren Teil der Insel. Chris war zu Jugendzeiten ein passionierter Angler, wie viele Holländer. In dieser Woche wollte er ausprobieren, ob ihm der Fischfang noch so viel Freude machte, wie ehedem. Er hatte extra eine neue Ausrüstung gekauft.

Nach ein paar regnerischen, windigen Tagen strahlte heute die Sonne von einem tadellos blauen, wolkenlosen Himmel. Das Meer lag ruhig da wie ein Badesee. Chris hatte sich bereits am frühen Morgen seinem wieder entdeckten Hobby gewidmet. Vom Erfolg zeugten zwei gut gewachsene Papageifische, die, mit einem Lappen abgedeckt, in einem Eimer Wasser vor der Tür standen. Er war stolz auf seinen Fang. Vor dem Töten und Reinigen wollte er die Beute noch seiner Frau zeigen. Die saß auf der Terrasse des Restaurants und genoss ihren 'Americano'. Chris hatte im Haus nach ihr geschaut und wandte sich gerade zur Tür, als er sehen musste, wie der Eimer mit den Fischen umkippte und seinen Inhalt auf den Boden ergoss. Gleichzeitig flitzte ein grauer Blitz um die Ecke, schnappte sich einen der Fische und rannte los. Chris war bereits nach Draußen gesprungen, dem Tier hinterher, als ein Chor aus Donner, Schaben und Prasseln erklang. Dreck und Steine füllten die Luft. Chris drehte sich um, mit tödlichem Schrecken in den

Knochen und rannte weiter. Er hatte nicht gesehen, dass der Fischdieb seine Beute vor dem verträumt am Strand liegenden Miro abgelegt hatte und verschwunden war. Er sah nur, wie in einer Lawine ein riesiger Steinbrocken auf das Dach seiner Wohnung krachte, es durchschlug und die Seitenwände nach außen drückte.

Chris erkannte im gleichen Moment, dass er eigentlich tot sein müsste. Hätte die Katze ihm nicht den Fisch gestohlen, er wäre noch im Häuschen, begraben unter Tonnen von Schutt. Leute kamen herbei gelaufen. Sie wollten helfen und standen doch nur da, panisch nach oben schauend, ob vielleicht noch mehr Steine auf dem Weg nach unten waren. Fassungslos redeten die erschrockenen Menschen durcheinander. Chris war zur Seite getreten, wo seine Frau aufgeregt auf ihn zu gelaufen kam. Sie umarmten sich: „ Gott sei Dank! Du lebst!", seufzte Lies verstört in sein Ohr.

„Das habe ich diesem alten Fettsack zu verdanken." Chris ging vorsichtig auf Miro zu, der sich genussvoll und ungerührt dem gestohlenen Fisch widmete. Er wollte ihm den Kopf streicheln, aber ein giftiger Blick aus gelben Augen hielt ihn zurück. Später fand er noch viele Möglichkeiten, seine Dankbarkeit zu zeigen. Er wusste ja, egal, welcher Katze er seine Fischköpfe zukommen ließ, als Erster würde immer Miro satt.

Der ist heute so etwas wie ein Star auf der Insel. Sogar in der Zeitung waren Fotos des 'Lebensretters' zu sehen. Auch das Restaurant wird besser besucht als je zuvor: Jeder will den berühmten Kater sehen. „Das Geschäft geht nicht schlecht.", schnurrt der vor sich hin.Gemächlich lässt er seinen Blick über den Clan streichen: „Sex oder Essen?", dann entscheidet er sich für Fellpflege. Man ist sich was schuldig.

ENDE

ÜBER ÖKONOMIE

Toby gehörte zu den Glücklichen, die sich für die Erfüllung ihrer materiellen Wünsche nie krumm zu legen brauchten. Er nahm diesen Umstand als gegeben hin und hätte sich sehr gewundert, wenn sich zum Beispiel herausgestellt hätte, dass sein Lieblingsauto für ihn unbezahlbar sei. Er war nie besonders gierig oder geizig, aber auf etwas zu verzichten, wonach ihm gerade der Sinn stand, wäre ihm seltsam erschienen.

Dann kam vor etwa fünfundzwanzig Jahren eine Krise, die ihn vorübergehend aus der Bahn warf. Seine Gesundheit war auf einmal stark angegriffen, seine beruflichen Pläne hatten sich zerschlagen und die Welt zeigte sich insgesamt weniger freundlich als er es gewohnt war. Dank einer robusten, norddeutschen Seele verstand er ziemlich schnell, dass der vernünftigste Weg, seine Zufriedenheit zurück zu erlangen, darin bestand, materielle Ansprüche den Möglichkeiten anzupassen.

Seit dieser Zeit lebt er auf unserer Insel. Seinen Lebensunterhalt bestreitet er als Hüter des Ferienhauses eines alten Bekannten, in dem er selbst auch eine kleine Wohnung nutzt. Es geht ihm ausgezeichnet, obwohl er finanziell immer knapp an der Kante entlang jongliert. Dafür ist er Herr seiner Zeit und erfreut sich täglich am Vergleich der Wetterdaten seiner kalten Heimat mit dem fast immer freundlichen Klima seines jetzigen Domizils.

Aus Spaß und um vielleicht etwas Geld dazu zu verdienen hatte Toby irgendwann damit begonnen, auf der Basis von Aloe Vera, Olivenöl und verschiedenen

Essenzen eine Hautpflegelotion herzustellen, deren Duft bald überall auf der Insel auch kritische Nasen betörte. Darüber hinaus sagte man diesem Wundermittel magische Eigenschaften nach. Begeisterte Nutzer, ob Touristen oder Einheimische, glätteten damit die Falten ihrer von der Sonne gebeutelten Haut, behandelten Schrunden und kleine Verletzungen, Insektenstiche und sogar Warzen. Selbst gegen zu viel Sonne wurde Tobys Mittel eingesetzt und, erstaunlicher Weise trotz dieses himmlischen Duftes, auch zur Abwehr von Insekten. Schon nach kurzer Zeit lag 'Tobys Mittel' oder einfach 'das Mittel' im Rennen um den Titel des beliebtesten Produktes der Insel ganz vorne, etwa zwischen dem berühmten Palmhonig und dem köstlichen Ziegenkäse.

Nur einen Nachteil hatte das Mittel: Es war nicht leicht, ein Fläschchen davon zu ergattern. Wenn Toby Lust und die nötige Zeit hatte, setzte er sich daran, ein paar Liter des begehrten Stoffes herzustellen und auf Fläschchen zu ziehen. Vorausgesetzt, er hatte alle nötigen Ingredienzen im Hause. Die pflegte er auf dem Postwege zu bestellen, wenn ihm danach war. Und die Post lieferte die Sachen, wenn *ihr* danach war. In anderen Ländern gewöhnt man sich erst mit steigender Privatisierung an die seltsamen, obskuren Schicksale, die eine Postsendung ereilen können, auf ihrem Wege zum Empfänger, oder anderswo hin. In Spanien, und erst recht auf unserer Insel, hat das Verschwinden oder monatelange Ausbleiben Tradition. Selbst Pakete aus fernen Ländern, die innerhalb weniger Tage die Nachbarinsel Teneriffa erreicht haben, sind dann noch lange nicht am Ziel.

Vorausgesetzt, alles sei gutgegangen und Toby habe einen Karton des Mittels produziert und abgefüllt. Dann war die nächste Hürde die Distribution. Normalerweise trug Toby, wo immer er hinging, ein Täschchen mit ein paar Fläschchen bei sich. Wer das Mittel haben wollte, brauchte ihn nur anzusprechen und das Geschäft war perfekt. Man musste also nur das Glück haben, dem Produzenten der begehrten Ware irgendwo zu begegnen. Bei der Oberfläche der Insel von 373 Quadratkilometern, die hauptsächlich aus Schluchten und Bergen besteht, keine leichte Aufgabe. Zusätzlich gab es noch die Chance, ihn an Samstagen auf dem Markt der Hauptstadt anzutreffen, wenn der Wind dort nicht allzu lästig war. Wie auch immer, der Kunde konnte sich glücklich schätzen, wenn er ein Fläschchen des Wundermittels erstanden hatte. Seinem Ruf als außerordentliche Kostbarkeit kam dieser Umstand natürlich entgegen, während die Zahl der verkauften Fläschchen sich vor allem aus diesem Grunde in übersichtlichen Grenzen hielt. Toby, im Einzelfall ein engagierter Verkäufer, ließ sich darüber keine grauen Haare wachsen. Er liebte sein kleines Geschäft, wie es war, gerade weil es ihn nicht beherrschte, sondern angenehm unterhielt.

Bei dem ausgezeichneten Ruf, den das Mittel überall auf der Insel genoss, war es nur eine Frage der Zeit, dass sich ein kommerzieller Interessent für Tobys Produkt fand. Es geschah an einem Samstagmorgen auf dem Markt. Das Wetter war unfreundlich, Toby hatte nur mäßig verkauft und wollte gerade sein Zeug einpacken, als ihn ein bekannter Händler für 'ethnisches' und Inselspezialitäten ansprach: „Du bist ja ziemlich bekannt mit Deinem Zeug da. Wie lebt es sich denn davon?" Toby hatte den Verdacht, dass sich hier ein Gespräch von der Sorte anbahnte, die man sich besser erspart: „Ich bin zufrieden. Vielen Dank!" Dabei wendete er sich dem Klapptisch zu, auf dem seine Fläschchen zum Verkauf standen und begann, diese in einen Kasten zu packen. Der Mann ließ sich jedoch nicht abwimmeln: „Ich kaufe Dir zehn Fläschchen von dem Mittel ab. Wie viel willst Du dafür haben?" Der Preis von 12 Euro pro Einheit stand auf einem Pappschild direkt vor der Nase des

Kunden. Toby wies mit dem Finger darauf: „Mal zehn !"
„Hör zu, Amigo! Ich will das Zeug nicht selber saufen,
und auch nicht darin baden. Ich verkaufe es für *Dich* an
meine Kunden. Da muss doch auch ein kleiner Gewinn
für mich drin stecken!" Toby hatte das geahnt und
fühlte sich mit einem Konzept konfrontiert, dem er
nichts abgewinnen konnte. Andererseits hatte er heute
schon so lange nutzlos hier herumgesessen, dass ihm ein
größerer Verkauf gerade Recht kam: „Also gut, weil der
Markt fast vorbei ist. Sagen wir...Zehn für Hundert."

Der Händler kramte einen Hunderter aus seiner
Tasche: „Pack sie mir ein! Aber mit diesen Konditionen
werden wir keine Freunde. Da denk noch mal drüber
nach." Toby wahr an neuen Freunden nicht dringend
interessiert. Andererseits freute er sich, zehn Fläschchen
weniger wieder mit nach Hause zu schleppen: „Verkaufe
erst mal die, dann sehen wir weiter."

Am folgenden Samstag hatte Toby seinen Klapptisch
noch gar nicht aufgebaut, sondern saß noch beim Kaffee
vor der Bar am Marktplatz, als der Händler sich zu ihm
an den Tisch setzte und mit lockerer Geste zwei Kaffee
mit Schuss bestellte: „Dein Zeug ist ja der Renner. Die
zehn Pullen waren schon am zweiten Tag verkauft. Du
hast da eine wahre Goldader angepickt." „Ja, ja", Tobi
schlürfte mit gelangweiltem Ausdruck den letzten
Tropfen aus seinem Kaffeeglas und seufzte in sich
hinein. Das aufgeregte Gehabe des Mannes so früh am
Morgen ging ihm auf die Nerven. Die Kellnerin brachte
die zwei Kaffee mit Schuss und der Händler schob einen
hinüber zu Tobi: „ Auf gute Zusammenarbeit! Aber wir
müssen über Preise reden."

Toby hatte nicht die geringste Lust dazu und sah auch
keinen Sinn darin. Unwillig ließ er sich trotzdem auf ein
Gespräch ein. In schillerndsten Farben schilderte der
Händler ihm eine rosige Zukunft mit hunderten
verkaufter Fläschchen pro Woche und fetten Gewinnen

für Toby und natürlich auch für ihn. Toby ließ den Mann reden. Er widmete sich seinem zweiten Kaffee und sah den Leuten auf der Plaza zu. Irgendwie schaffte der Kaufmann es aber doch, Tobys Aufmerksamkeit zu wecken, jedenfalls ein bisschen. Zum Schluss einigte man sich darauf, dass der Mann 25 Fläschchen zum Barpreis von 220 Euro mitnahm. Für Toby war das eine Menge. Trotzdem tat es ihm weh, sein Produkt unter Preis abzugeben. Der unerwartet hohe Umsatz würde ihn außerdem bald dazu zwingen, eine neue Charge seines Mittels zu produzieren. Dabei wartete noch eine Menge Arbeit im Garten auf ihn. Na ja, die wartete nicht wirklich, aber er freute sich darauf.

Im Laufe der Woche bestellte Toby neues Material für sein Mittel. Er konnte sich nicht dazu durchringen, die bisher bezogenen Mengen nennenswert zu erhöhen, obwohl es ja danach aussah, dass die Umsätze steigen würden: „ Das muss ich dann ja auch alles verarbeiten." Der Händler hatte ihn dazu überredet, zum kommenden Samstag eine Preisliste zu erstellen, nach der er künftig das Mittel beziehen könne. Eine Staffelung nach der Abnahmemenge war dem Mann besonders wichtig: „Je mehr ich Dir abkaufe, umso höher ist ja auch das Risiko für mich und Geld, das ich Dir gebe, kann nicht an anderer Stelle für mich arbeiten."

Toby konnte mit dieser Argumentation nicht allzu viel anfangen. Aus Gutmütigkeit dachte er eine ganze Weile über den Preis seines Mittels nach und schrieb das Ergebnis auf einen Zettel. Am folgenden Samstag saß, wie erwartet, der Händler bereits vor dem Café am Markt, als Toby dort eintraf: „Komm her mein Junge!" Erwartungsfroh lächelnd rieb er seine Hände und bestellte für den Ankommenden einen Cortado: „Freut mich wirklich, meinen neuen Geschäftspartner zu sehen. Ich hoffe, Du hast die letzte Woche genutzt, um über unsere gemeinsame Zukunft nachzudenken. Ich freue mich schon auf ertragreiche Geschäfte." Toby nahm Platz und lächelte seinerseits: „Ich habe mir alles gut überlegt. Aber ich glaube nicht, dass Du mit meinem Angebot glücklich wirst. Trotzdem ist das hier mein letztes Wort". Umständlich kramte er ein Blatt Papier aus seiner Umhängetasche, las es noch einmal sorgfältig durch, so, als sähe er es zum ersten Male und schob es hinüber zum Händler. Mit Kuli in großer Schrift stand darauf geschrieben:

bis fünf Stück :   *je 12.- €*
sechs bis zehn Stück :   *je 11.- €*
elf bis dreißig Stück: *je 15.- €*
    über dreißig Stück: *je 20.- € Aber nur bei*
einer Lieferzeit von etwa sechs Wochen

Auf den ersten Blick sah es so aus, als hätte der Mann Schwierigkeiten mit dem Lesen. Als er dann mit hochgezogenen Brauen Toby ansah wurde aber klar, dass cr eher Probleme mit dem Verstehen hatte: „Was soll das sein? Eine Preisliste? Oder ein Witz? Klar, Du willst mich verarschen!"

„Nee, nee!" Toby klopfte mit dem Zeigefinger auf den Zettel, der vor den Beiden auf dem Tisch lag: „Überleg doch mal: Wenn ich Dir die Mengen liefern soll, von denen Du träumst, dann kann ich den ganzen Tag nichts anderes machen, als Mittel anrühren und Fläschchen füllen. Glaubst Du ich habe keine anderen Interessen? Das *kannst* Du gar nicht bezahlen! Und wer beliefert meine eigenen Kunden? Wie willst Du mir das Quatschen mit den Leuten ersetzen? Den Spaß am Verkaufen? Kann ich dann noch einfach mal rumtrödeln, wenn ich mal mehr Zeit brauche als sonst? Oder den Kram einfach liegen lassen, weil mich im Moment was anderes mehr interessiert?"

Der Händler schnappte nach Luft. Sein verzweifelter

Blick sagte: „Herr, hilf mir, diesen Irren zu verstehen!"
Er selbst schüttelte resigniert den Kopf: „Mach, was Du
willst, aber ohne mich. Wenn Du wieder richtig denken
kannst, sprich mich an!" Dann erhob er sich, völlig
verdattert vor sich hinmurmelnd, und verschwand in
einer Bar gegenüber. Toby bestellte sich noch einen
Cortado. Zufrieden genoss er das Gefühl, gerade einer
großen Gefahr entwischt zu sein.

ENDE

SECHS KILO VOM BESTEN

Vor gut einer Stunde hatte sich die Sonne mit großer Geste im Meer versenkt. Das Feuer, an dem die Feuertänzer und Jongleure ihre Fackeln entzündet hatten, war weit heruntergebrannt. Einige der Trommler fanden noch kein Ende, aber die Show war eigentlich vorbei. Moni saß unter einer Laterne und zählte den Ertrag der heutigen Kollekte. In einer Ecke unterhalb der Strandpromenade knieten drei bunte Gestalten im Sand und schlugen auf eine vierte ein. Das Opfer lag gekrümmt da, die Hände schützend vor dem Gesicht und wimmerte. Einer der Angreifer riss ein Bündel von der Größe eines Rucksacks in die Höhe und warf es in die Brandung. Als die Wellen es zurück trugen, hob er es auf und warf es erneut ins Wasser, wobei er wilde Flüche ausstieß.

Auf den Terrassen der umliegenden Restaurants hatten die Gäste ihren Spaß an dem Schauspiel. Hämische Sprüche in denen die Worte 'Love' und 'Peace' vorkamen, wurden gerufen, aber die Ironie ging ins Leere. Die Hippies der dritten Generation sind nah am Zeitgeist.

Am frühen Morgen stand Phillip an der Straße, die aus dem Valle Gran Rey hinausführt. Körperlich hatte er die Schläge von gestern Abend einigermaßen verkraftet. Seinen bisherigen Freunden mangelte es wohl an Routine im Misshandeln. Allerdings hatte er keine Minute geschlafen und sein Zeug einschließlich des Schlafsackes war immer noch patschnass. „Nur weg aus dieser Hölle!", war sein einziger Gedanke gewesen, als er sich ein paar hundert Meter die Straße hinauf geschleppt hatte. Die Nacht hatte er frierend im Windschatten einer niedrigen Trockenmauer verbracht. Jetzt hockte er auf der Leitplanke und seine Energie reichte nicht einmal dazu, den Arm auszustrecken um eins der vorüberfahrenden Autos anzuhalten. Dabei saß ihm die Angst im Nacken. Angst, noch einmal mit Monis Truppe an einander zu geraten. Er kam sich vor, wie ein Idiot, weil er immer noch nicht so richtig verstehen konnte, was ihm gestern Abend passiert war.

Seit vielen Jahren verbrachte er die kalten, grauen Monate des Jahres nicht in Deutschland, sondern in seiner 'Winterresidenz', einer Mischung aus Sandburg und Steinhaufen an der Playa del Ingles in Valle Gran Rey oder wo immer sich ein Platz auf seiner Trauminsel fand. Für dieses Jahr war gestern sein erster Tag auf La Gomera gewesen.

Tagsüber hatte er mit den anderen Freaks am Rande des Strandes herumgehangen und sich bestens mit ihnen verstanden. Man hatte das eine oder andere Tütchen geteilt, viel gelacht und ein bisschen was getrunken. „Schön, wieder hier zu sein!" Ja, er hatte sich zu Hause gefühlt. Mehr jedenfalls, als im hektischen, aufgeregten Deutschland, wo er in der warmen Jahreszeit mit allerlei ungeliebten Aktivitäten seine Brötchen verdiente.

Noch vor den ersten Zeichen der Dämmerung hatte sich das allabendliche Ritual angekündigt. Menschen mit Flaschen oder Gläsern in der Hand hockten auf den dicken Steinbrocken unterhalb der Promenade oder standen wartend herum. Auf dem schwarzen Sand des Strandes wurde ein Feuer angezündet. Trommeln und andere Instrumente herangeschleppt. Je näher die Sonne dem Horizont kam, desto prächtiger wurden ihre Farbenspiele in allen Schattierungen von rot und grau. Der Himmel und das Meer schienen glühend ineinander überzugehen. Der Rhythmus der Trommeln verstärkte die hypnotische Wirkung des Sonnenunterganges. Mit zunehmender Dunkelheit kamen die fliegenden Fackeln der Jongleure dazu. Zwei Frauen tanzten mit rotierenden Flammen über den Strand. Die Stimmung war dicht und wild. So war es immer gewesen, seit Phillip die Winter hier verbrachte. Und wie immer hatte er sich der Verabschiedung des Tages angeschlossen. Dem Klang der Trommeln folgend war er auf dem Strand herum gesprungen, schwitzend und selbstvergessen. Dann hatte plötzlich Moni vor ihm gestanden, eine Fackel in der Hand: „Hau ab, Du Blödmann, das ist *unsere* Show. Setz Dich an die Straße und störe nicht unseren Auftritt, sonst gibt es Ärger, mein Freund!"

Phillip war viel zu überrascht gewesen, um zu reagieren. Wie blöde hatte er dagestanden und Moni angeglotzt. Das hier war keine 'Show', war es nie gewesen! Seit Jahren gab es hier zum Sonnenuntergang die gleiche Veranstaltung: Ein paar Leute trommelten herum, andere tanzten dazu, jonglierten mit Keulen, Bällen oder auch Fackeln. Es wurde getanzt, jeder so, wie er mochte und einige der Freaks gingen mit dem Hut herum, um die Touristen um einen kleinen Beitrag zum Lebensunterhalt der Akteure zu bitten. Auch wenn meistens dieselben Leute beteiligt gewesen waren: Niemals hatte es eine fest organisierte Truppe gegeben, die ein klares Programm hier abgezogen hätte. Der Strand war schließlich für alle da!

Na, gut! Phillip hatte keine Lust auf Stress. Grinsend klopfte er Moni auf die Schulter: „OK, dann lass Dich mal nicht stören! Und sag mir nicht, wo *ich* mich setzen soll." Wie sich später herausstellte, hatte Phillip die Situation nicht wirklich erfasst. Nachdem er vom Rande aus eine Weile dem Geschehen zugeschaut hatte, packte ihn erneut der Rhythmus, die Stimmung, der Wille, sich am Geschehen zu beteiligen. Zunächst hatte er nur rhythmisch mit dem Kopf gewackelt, dann war er auf der Stelle herumgehüpft und schließlich hatte er eine absolut bescheuerte Idee: „Wenn ich hier, aus welchem Grund auch immer, als Tänzer unerwünscht bin, dann mache ich mich halt auf andere Weise nützlich." So ähnlich waren seine Gedanken gewesen, als er aus seinem Rucksack eine Baskenmütze gekramt hatte. Dann war er damit losgezogen, sie den Zuschauern unter die Nase haltend, um für die Künstler, welche seine Mitwirkung so schroff zurückgewiesen hatten, Geld einzusammeln.

Der Erfolg war nicht einmal schlecht gewesen, denn die Touristen waren bester Stimmung. Zwar wäre der Sonnenuntergang auch ohne den Einsatz von Trommlern und Tänzern zustande gekommen, aber es ging einem gut, man hatte Urlaub und da wollte man nicht kleinlich sein. Als Phillip sich umsah, darüber nachdenkend, wem von der Trommeltruppe er das Gesammelte wohl übergeben könne, traf sich sein Blick mit dem von Moni. Die stand, die Füße in den Sand und die Hände in die Hüften gestemmt, starr vor der Kulisse des sich schwarz färbenden Meeres. Kalte Wut stand in ihrem Gesicht. Mit knappen Gesten zu den beiden Burschen, die sich gerade noch als Jongleure betätigt hatten und dem Ruf: „Pass auf, Du Sau!", kam sie auf ihn zugerannt. Minuten später hatten die Drei ihn zur Seite gezerrt, ihm die Mütze samt Geld und auch den Rucksack abgenommen. Während die zwei Jungs auf Phillip nach Kräften eindroschen, inspizierte Moni seine Sachen und warf sie in den Sand, bis auf die Geldscheine aus seiner Brieftasche. Inzwischen hatte sich ein dritter Junge in die Prügelei eingeschaltet. Moni zog sich mit der Kasse zurück. Ohne ihre anfeuernden Kommandos verloren die drei Schläger bald die Lust an ihrem Tun und entließen Phillip mit einem Tritt in den Hintern. Der hatte sein Zeug aus der Brandung gefischt und war, verstört und voll Panik, Richtung Straße geflohen.

Wie war es möglich, dass sich seit letztem Jahr die Szene im Tal so rapide gewandelt hatte? Er verstand es immer noch nicht. Nur so viel: Moni schien hier ein strenges Regime aufgezogen zu haben. Offenbar war sie von dem Ehrgeiz getrieben, ausgerechnet überzeugte Leistungsverweigerer, Freaks und Teilzeithippies jener Killerökonomie zu unterwerfen, der sie glaubten, hier entronnen zu sein. Nichts für Phillip! Er musste schnellstens hier weg! Das Geld für einen Rückflug nach Deutschland war ihm im Zuge von Monis Aktion abhanden gekommen, aber dahin wollte er vorerst auch nicht zurück. Nicht im Winter!

Mit einem tiefen Seufzer schüttelte er seine Jacke aus, die über der Leitplanke gehangen hatte. Sie war fast trocken. Der Rest seiner Kleidung fühlte sich noch klamm und klebrig an. Schließlich hatte er bei der Rettung seines Rucksacks aus der Brandung keine Zeit gehabt, sich auszuziehen. Der Rucksack selbst war immer noch nass und roch wie ein Eimer Fischköpfe. Egal! Er raffte sich auf und nach wenigen Minuten hatte er ein Auto angehalten. Ein junges Paar deutscher Touristen öffnete die Tür seines Mietwagens: „Wo soll es denn hingehen?" Phillip überlegte kurz: „Wo wollen *Sie* denn hin?" Bald darauf war er auf dem Weg in den Süden. Playa Santiago war das Ziel. Phillip war das so Recht wie jeder andere Ort. Jedenfalls schien dort fast immer die Sonne.

Den Morgen verbrachte Phillip am Strand. Zum Glück hatten seine Exfreunde auf eine Durchsuchung der Hose, die er am Leib trug, verzichtet. So etwa vierzig Euro waren ihm also für den Rest seines Lebens geblieben. An der Strandbar ließ er sich ein großes Bier und einen Teller Muscheln servieren. Seine Sachen hatte er auf dem Kies vor der Bar zum Trocknen ausgebreitet. Nach der Mahlzeit und einem zweiten Bier fühlte er sich in der Lage, seine nähere Zukunft in Angriff zu nehmen.

Am späten Mittag packte er sein Zeug zusammen, kaufte noch einiges ein und trabte los, seinem nächsten Ziel entgegen. Gut hundert Meter über dem Ort, vorbei an einem Hotel mit echtem Golfplatz führte ihn sein Weg durch die karge Landschaft zu einem einsamen Strand: Playa del Medio. In den letzten Jahren hatte Phillip dort immer wieder mal ein paar Tage mit Freunden campiert, um Ruhe zu tanken und sich vom Trubel im Valle Gran Rey zu erholen. Touristen mieden diesen Ort, an dem es nichts zu kaufen, keine Gastronomie und auch keine Toiletten oder Duschen gab. Dort, in der steinigen Einöde, würde er in Ruhe darüber nachdenken, wie, wo und wovon er in der nächsten Zeit weiterleben wollte.

Auf dem Marsch entlang des Zaunes vom Golfplatz fielen ihm immer wieder kleine Bälle auf, die, wie Ostereier versteckt, im trockenen Gras lagen. Glücklose Spieler hatten sie wohl verschlagen. Gedankenlos hob er ein paar der Kugeln auf und schob sie in die Tasche. Nach einer Weile begann ihm die Sammelei Spaß zu machen. Darum ging er noch einmal ein ganzes Stück der Strecke zurück um den Wegrand genauer zu inspizieren. Bald quollen seine Hosentaschen über von reichlicher Beute. Dann ging der Weg ein Stück bergab durch offenes Gelände.

Seine Kleider, kaum von der Sonne getrocknet, waren nach kurzer Zeit wieder klamm vom Schweiß. Die riesige Wasserflasche, die jetzt zusammen mit einem Plastikbeutel voll Proviant an dem Packen auf seinem Rücken baumelte, riss im Rhythmus seiner Schritte an den Gurten des Rucksacks. Der schattenlose Weg zu seinem Ziel war von der Sonne verbrannt. Die Pflanzen rundum zeigten sich in fahlen Beige – und Brauntönen. Er fluchte über die Hitze und die Plackerei, wenn es wieder einmal bergauf ging.

Die Golfbälle in den Taschen spannten seine Hose an den Schenkeln und wurden ihm lästig: „Vielleicht kann ich ja ein Geschäft daraus machen." Ein ironisches Grinsen glitt über sein verschwitztes Gesicht, als er sich vorstellte, wie er mit einem selbst gezimmerten Bauchladen gebrauchte Golfbälle an Leute in Karohosen und Pique - Hemden verkaufte. Als er dann über Preise nachdachte, grenzte das bereits an Planung. „Ist doch schade, dass die Dinger ungenutzt in der Landschaft herumliegen." Schließlich musste er sowieso irgendwie wieder zu Geld kommen.

Am Strand war niemand zu sehen. Nur eine Menge zu Steinmännchen aufgetürmter Kiesel, mehrere kalte Feuerstellen und im Wind herumsegelnde Papier – und Plastikfetzen bezeugten die gelegentliche Anwesenheit von Menschen. Etliche Meter oberhalb der Wasserlinie hatte jemand eine kreisförmige, gut hüfthohe Mauer aus losen Steinen gebaut. Das Gebilde von vielleicht drei Metern Durchmesser sah aus wie ein Iglu ohne Dach. Es schien ein guter Schutz gegen Wind und ungebetene Beobachter zu sein. Auf dem Boden fand Phillip eine dicke Schicht trockener, sauberer Wellpappe und eine halbvolle Wasserflasche. Neben dem Eingang gab es eine von geschichteten Steinen umgebene Feuerstelle.

„Hier wird ja offensichtlich ein Nachmieter gesucht." Erfreut über die gute Gelegenheit warf Phillip seine Sachen auf den Boden des Unterstandes. In einer Minute war er nackt und seine Kleidung hing über der Mauer. Augenblicke später planschte er schon im kühlen Ozean: „Jetzt kann der Winter kommen!" In bester Stimmung schwamm er eine große Runde, tauchte unter, prustete wie ein Wal Luft und Wasser in die Höhe und strampelte auf dem Rücken liegend mit den Füßen. Als er dann, erfrischt und guter Dinge, aufsah, war er plötzlich nicht mehr allein am Strand. Zuerst sah er nur seinen Rucksack *auf* der Mauer der neuen Bleibe stehen, statt dahinter. Dann kam hinter der Mauer ein brauner Haarschopf zum Vorschein, unter dessen wild in alle Richtung strebenden Locken ein Paar Blitze schleudernde Augen in seine Richtung sah: „Das glaubst Du doch wohl nicht, dass Du einfach so bei mir einziehst! Hau bloß ab hier von meinem Strand, Du Penner!" Phillips Kleider, Wasserflasche und Proviant lagen bereits vor dem Eingang. Mit einem Satz wollte er aus dem Wasser springen und trat dabei auf einen scharfkantigen Stein, der sich schmerzhaft in seine Fußsohle grub. Eine dünne Blutspur hinter sich herziehend humpelte er auf das umstrittene Bauwerk zu: „Lass die Finger von meinen Sachen! Ist das etwa Deine Bude?" Was er dann zu sehen bekam, nahm ihm den Atem.

In der üppigen Mähne hätte man bequem ein Schäfchen verstecken können, aber die war nicht das aufregendste an der Gestalt, die jetzt gelassen, mit halb erhobenen Händen aus dem Unterschlupf kam. Knapp ein Meter sechzig geballte Weiblichkeit, zart, aber alles Andere als mager schritten langsam auf ihn zu. Die dunklen Augen stritten mit den vollen Lippen um die Vorherrschaft in dem herzförmigen Gesicht mit der etwas knolligen Nase. Die tief gebräunten Beine ragten aus einer Ansammlung unterschiedlich großer, verschiedenfarbiger Ledertücher hervor die, hinter eine dicke Lederkordel geklemmt, so etwas wie einen kurzen, verwirrend geschlitzten Rock darstellten. Darüber trug sie einen Kittel aus naturfarbenem Leinen, der mit allerlei Applikationen aus Holz, Knochen, Muscheln und Schneckenhäusern verziert war. Um den Hals hing ein Rattenschädel mit ein paar Knochen und roten Perlen an einem Lederband. Ihr herausforderndes Grinsen raubte ihm das letzte bisschen Selbstvertrauen und sie hielt immer noch auf ihn zu: „Glaubst Du, die Mauer hätte sich alleine da oben hingestellt? Und wer hat wohl die

Kartons für die Matratze hierher geschleppt? Vielleicht kann ich nichts dagegen machen, wenn Du Dich hier auf *meinem* Strand breit machst. *Vielleicht* ist das so!" Sie stand jetzt direkt vor Phillip, sah ihm starr in die Augen und hob drohend die rechte Hand: „Aber wenn Du was zu pennen willst, dann baue es Dir selber."

Wie er so nackt und triefend dastand, den verletzten Fuß gegen die Wade des andere Beines gepresst, fühlte er sich wie ein Bündel Elend. Die kraftvolle Erscheinung des Mädchens machte es nicht besser: „Sorry, konnte ich ja nicht wissen, dass das Ding noch bewohnt ist. Sah ja leer aus. Reg Dich nicht auf! Bitte!" Er wollte weiter zu seinen Sachen humpeln, um sie einzusammeln, aber das Mädchen nagelte ihn mit bohrendem Blick auf der Stelle fest: „Du willst doch nicht wirklich hier bleiben?" Er hob die Schultern, wusste nicht, was er sagen sollte. Aber dann schien Phillips jammervoller Anblick ihr Herz zu rühren: „Tut bestimmt weh!", sie zeigte auf den verletzten Fuß: „Kannst Du denn gehen?" Dabei griff sie seinen Arm, legte ihn über ihre Schulter und stuppste ihn in die Seite: „Los! Du Held."

Das Mädchen nannte sich Biba und hatte genug Mitgefühl, Phillip nun doch nicht aus ihren Mauern zu verweisen. Sobald sein Fuß verheilt sei, könne er sich ja einen eigenen Unterstand bauen, solange sei er ihr Gast. Der Junge war mehr als einverstanden, mächtig beeindruckt von der eigenwilligen Schönheit, deren vitale Ausstrahlung ihn über Alles faszinierte. Seine Sachen lagen jetzt an einer Seite in ihrer Burg und die beiden saßen auf dicken Steinen vor dem Eingang und sahen aufs Meer. Phillip hatte Biba erzählt, wie es ihm am Tag vorher ergangen war und dass er für gewöhnlich den ganzen Winter auf der Insel verbringe. Da man ihn um sein Geld erleichtert hatte, stecke er ein bisschen in der Klemme. Seine Idee eines Handels mit gebrauchten Golfbällen wagte er nicht zu erwähnen. Mit nachdenklich gerunzelter Stirn ging Biba nach innen. Draußen konnte man hören, wie sie in ihrem dicken Bündel kramte, das gegenüber von Phillips Rucksack hinter der Mauer lag. Mit einem großen Beutel und einer ledernen Rolle kam sie zurück. Als sie wieder saß, legte sie den Inhalt des Beutels auf die Steine zwischen ihren Beinen. Federn, kleine Knochen, Muscheln, Stückchen von Treibholz und Draht, Stofffetzen, Steinchen und allerlei Kleinteile breiteten sich auf dem Boden aus. Phillip sah fragend auf das Sammelsurium, dann auf Biba. Die stieß ihn lachend an die Schulter: „Du kannst mir ja im Geschäft helfen." Das Mädchen schlug jetzt die lederne Rolle auf. Sie bestand aus ineinander gerollten Lederlappen unterschiedlicher Farben und Stärken und enthielt kleine Rollen von Silberdraht, Lederschnur und mehrere Döschen mit silbernen Haken und Schlösschen.

„Wenn Du ein bisschen geschickt bist, kannst Du mir bei der Schmuckproduktion helfen. Oder Du gehst mit den Sachen auf die Touristenmärkte und verkaufst sie. Was meinst Du?" Phillip hatte keine Meinung dazu. Er musste erst mal darüber nachdenken. „Na Gut!" Biba packte ihre Werkstatt wieder ein und kramte in einem flachen Täschchen, das sie vorher der Rolle entnommen hatte: „Ich stifte heute das Dope. Dafür essen wir Deinen Beutel leer! Ist das OK?" Phillip nickte zufrieden. Es sah so aus, als hätte seine Vertreibung aus dem Valle auch ihre guten Seiten.

Den Rest des Tages verbrachten Biba und Phillip mit quatschen, schwimmen, rauchen und essen. In der Nacht rollte sich jeder auf seine Seite der Burg, obwohl Phillip dem Mädchen lieber etwas näher gekommen wäre. Am Morgen verabschiedete sich Biba mit den Worten: „Ich gehe zum Markt. Pass Du auf unseren Schlafplatz auf! Wir sehen uns am Abend!"

Sein Fuß tat nicht mehr weh, er hatte einen ganzen

Strand für sich alleine und, was noch besser war, er würde diesen Strand mit dem aufregendsten Mädchen der Welt teilen. Ihre kraftvolle Erscheinung hatte ihn überwältigt und er hatte gute Aussichten, dieses Mädchen für sich zu gewinnen. Er war verliebt. Aber warum zum Teufel war er nicht glücklich? Statt dessen hatte er das Gefühl, sein Leben wolle ihm aus der Hand rutschen wie ein zappelnder Fisch. Noch nie zuvor hatte er sich um seine Zukunft gesorgt, niemals Pläne geschmiedet, die über den Tag hinausgingen. Genau aus diesem Grunde war es ihm stets leicht gefallen, sich seinem Leben frontal zu stellen und es zu genießen. Vielleicht lag es an der Einsamkeit, dass er jetzt so träge im Schatten der Burg lag, unfähig, sich zu irgend etwas zu entscheiden. Er konnte Bibas Einladung annehmen, sich an ihrer Schmuckproduktion zu beteiligen. Damit würde er ihr fast automatisch ein Stück näher kommen und nichts wünschte er sich mehr als das. Es gab aber auch noch sein 'Golfballprojekt'. Noch hatte er keine Ahnung, wie es anzupacken sei. Dafür bot es aber vielleicht die Chance, ganz und gar unabhängig seinen Lebensunterhalt zu bestreiten. Halbgare Pläne, Zweifel und Projekte tanzten in seinem Kopf Ringelreihen. Dabei gelang ihm nicht einmal der Entschluss, trotz der sengenden Hitze, einfach ins Meer zu springen, um sich abzukühlen.

Als Biba am späten Nachmittag zurückkam, lag er immer noch am selben Platz, an dem er die Nacht verbracht hatte. „Was ist los. Hast Du Schmerzen?" Der besorgte Blick des Mädchens machte, dass er sich noch mieser fühlte. Über Beschwerden zu klagen, die es gar nicht gab, verbot ihm aber die Ehrlichkeit: „Alles ist gut! Ich habe nur eine Menge nachzudenken." „Ach ja? Und das geht nur im Liegen! Ich verstehe!" In der Nähe des Einganges rollte sie ein Tuch auf dem Boden aus und verteilte Brot, Käse und Obst darauf, die sie in ihrem

Bündel mitgebracht hatte: „Bist Du neben der Denkerei vielleicht im Stande, einen Korkenzieher zu betätigen?" Mit erhobener Hand hielt sie ihm eine Flasche Wein vor die Nase: „Dann könnten wir was trinken zum Essen." Schwerfällig erhob sich Phillip, öffnete mit seinem Schweizer Messer die Flasche und gab sie ohne ein Wort dem Mädchen, das ihn mit einladender Geste zu Tisch bat: „Du hast doch nicht den ganzen Tag hier auf der Stelle gelegen. Oder? Denk daran, ich bin nicht der mütterliche Typ. Und Du bist kein krankes Vögelchen. Wenn wir hier mit einander auskommen wollen, musst Du ein bisschen dazu beitragen. Hast Du zum Beispiel über meinen Vorschlag über eine Zusammenarbeit nachgedacht? Oder hast Du sonst irgendwelche Pläne? Vielleicht, Dich zu waschen und hier endlich zum Essen Platz zu nehmen?"

„Kann sein, dass ich heute ein bisschen neben der Kappe bin. Tut mir Leid." Zögernd hockte sich Phillip neben Biba an die improvisierte Tafel und rutschte so nahe wie möglich an das Mädchen heran. Sein Arm streifte ihren warmen, samtenen Oberschenkel, als er sich nach dem Brot streckte und ihm wurde heiß: „ Du glaubst nicht, wie gerne ich mit Dir zusammenarbeiten möchte. Lass uns morgen darüber reden." Er mühte sich ab, einen ernsthaften Eindruck zu machen: „Aber da gibt es noch ein anderes Projekt, um das ich mich kümmern muss und das vielleicht eine Menge Geld einbringen kann." Biba versuchte nicht, den Spott in ihrer Stimme zu verbergen: „Du hast ein Projekt? Na, dann lass mal hören! Vielleicht kann ich ja bei *Dir* einsteigen."

Phillip bestand darauf, über geschäftliche Dinge erst am nächsten Tag zu reden, da seine Ideen noch nicht ausgereift seien. Die beiden verbrachten den heutigen Abend wie den letzten, wobei Phillip sich mit einer Anspannung herum quälte, die ihn fast zerriss. Sein Blick hing an jeder ihrer Bewegungen. Jedes Aufblitzen bisher unerforschter Haut unter dem Ausschnitt, an den Armlöchern ihres Tops oder zwischen den Lappen ihres unglaublichen Rockes lies seinen Atem schneller werden und auch die kleinste, nebensächliche Berührung brachte ihn aus dem Gleichgewicht. Warum fehlte ihm der Mut, sein Begehren einfach zu zeigen? Wovor hatte er Angst? Er hätte es nicht sagen können.

Der Mond hatte schon fast die Hälfte seiner Bahn zwischen tausenden Sternen hinter sich gebracht, als sich Biba vor ihm hinkniete, seinen Kopf zu sich herüberzog und ihn auf die Stirn küsste: „Gute Nacht! Und wünsch Dir was für morgen, damit es weiter geht!"

Als Phillip erwachte, war Biba bereits verschwunden. Dunkel erinnerte er sich an ihre Verabschiedung im Morgengrauen. Ganz deutlich spürte er zwar noch ihre sanfte Hand auf seinem Haar und den flüchtigen Kuss auf die Wange, aber was sie zu ihm gesagt hatte, war in den Tiefen seines Bewusstseins versunken.

Heute gelang ihm der Widerstand gegen die eigene Trägheit. Als Erstes nahm er ein ausgiebiges Bad im Meer. Dann räumte er die herumliegenden Sachen vom Boden und ordnete sie säuberlich auf zwei Seiten der Burg. Dabei achtete er darauf, dass die Fläche, die für Biba und ihn zum Schlafen übrig blieb, nicht zu groß ausfiel. Sobald sie zurück wäre, würde er sie in die Arme nehmen und ihr klar machen, was er für sie empfand. Es machte keinen Sinn, sich mit seinen Gefühlen zu verstecken. Der Entschluss machte sein Herz schon um einiges leichter. Jetzt fehlte noch eine Entscheidung über sein künftiges Erwerbsleben. Am liebsten wäre er sofort hinüber zum Hotel spaziert und hätte versucht, seine bereits gesammelten Golfbälle an den Mann zu bringen. Aber konnte er die Burg mit Bibas und seinen Sachen so einfach allein lassen? Zu gefährlich! Er hatte in dieser Woche schon genug verloren und für das Eigentum des Mädchens fühlte er sich erst recht verantwortlich. Bei

Bibas Kleidern hatte er eine wollene Strumpfhose gefunden. Die konnte er sicher mal ausleihen. Also stopfte er all seine Golfbälle dort hinein, verschloss das gefüllte Bein mit einem Knoten und ließ das Ganze unter Schütteln und Schaukeln ein paar Minuten im Meer schwimmen. Die so gereinigten Bälle legte er in einer langen Reihe auf die Krone der Burgmauer zum trocknen aus. Nachdem er auch die Hose auf den Steinen ausgebreitet hatte, fühlte er sich weit besser als gestern. Immerhin hatte er den ersten Schritt in eine erfolgreiche Zukunft getan. Nackt und gelöst tobte er bald darauf wie ein Kind in der Brandung herum. Das Leben war schön, auch und ganz besonders für Phillip.

Mit dem auflaufenden Wasser trieb ein bizarrer Ast auf den Strand. Vom Meer ausgelaugt und gebleicht sah er aus wie ein riesiger Korkenzieher, den ein Gigant zu einem Bogen geformt hatte. Phillip zog ihn an Land. Aus Spaß schleppte er ihn zur Burg und hatte plötzlich eine Idee. Senkrecht aufgestellt und an beiden Seiten ein Stück im Sand vergraben, gab das Ding einen prima Torbogen für die Burg ab. Zwar konnte man nicht aufrecht darunter her gehen, aber optisch war das Ding eine echte Bereicherung und ein Ansporn für Phillips Ehrgeiz. Der machte sich jetzt auf, weiteres Treibgut einzusammeln und zur Verschönerung der Unterkunft zu verwenden.

Bald führte ein fast ebener Weg aus flachen Steinen von der Wasserlinie zur Burg, begrenzt von hochkant aufgestellten Steinplatten, Steinmännchen und weiteren Hölzern. Auf der Mauerkrone lagen diverse Muscheln und Schneckenhäuser, ein blaues Stück Schiffstau und allerlei Treibgut. Zwar waren Phillips Bemühungen noch weit davon entfernt, seinen ästhetischen Ansprüchen zu genügen, aber es machte ihm Spaß, nach Dingen Ausschau zu halten und sich eine Verwendung für sie auszudenken. Schließlich hatte er sich vorgenommen, den heutigen Tag nicht auch wieder zu verdösen.

Am Fuß eines in der Brandung stehenden Felsens leuchtete etwas rosa zwischen dicken Steinen hervor. Neugierig watete Phillip darauf zu. Ein Badelatschen aus Gummi hatte sich dort verklemmt. Kein besonders aufregender Fund, aber irgend etwas blitzte dahinter hervor. Farblich glich es einem von Algen bewachsenen Kiesel, aber der Glanz auf diesem Objekt war anders. Es war gar nicht so leicht, auf dem steinigen Grund voran zu kommen, aber Phillip hatte die Neugier gepackt. Er schob sich vorsichtig auf den Felsen zu. Bald hatte er den Latschen und warf ihn im hohen Bogen auf den Strand. Jetzt griff er nach dem anderen Ding. Es war auch aus der Nähe kaum von einem Stein zu unterscheiden und flutschte immer wieder aus seiner ausgestreckten Hand. Er musste sich noch ein Stück näher heranarbeiten, um es sicher greifen zu können. Das ablaufende Wasser wollte ihm den Sand unter den Füßen wegziehen, aber er hielt sich aufrecht, dehnte sich noch ein bisschen und konnte schließlich das Teil mit beiden Händen zu sich heranziehen. Schnell watete er zum Ufer, um seine Beute zu betrachten. Das Ding war rechteckig, etwa drei Zentimeter dick und hatte eine grünlich – braune Färbung. Es wog etwa zwei Kilo und seine Oberfläche war glatt und glänzend. Es sah immer noch aus wie ein Stein, aber er konnte seine Fingernägel hineindrücken. Sofort war ihm klar, was er gefunden hatte, aber er wollte es nicht glauben. Mit klopfendem Herzen rannte er zur Burg, holte sein Messer hervor und durchtrennte an einer Ecke die Plastikhaut seines Fundes. Vorsichtig kratzte er an dem Inhalt, der hart und doch irgendwie schmierig an der Klinge haften blieb. Als er einen etwas größeren Brösel abschnitt und daran roch, gab es keinen Zweifel mehr: Er hatte einen dicken Klumpen Haschisch gefunden. Wieso der Brocken im Meer gelandet und dann hier gestrandet war, darüber wollte er gar nicht nachdenken. Hastig schob er das Dope unter die Wäsche auf dem Boden, atmete tief durch und ging zurück zum Strand. Er musste das Durcheinander in seinem Kopf ordnen. Was bedeutete dieser Fund für ihn? Für *Biba* und ihn? Sein Blick glitt über die Brandungszone. Die Flut hatte begonnen und der Streifen aus Schaum, den die See vor sich herschob, kam langsam näher. Etwas schien sich von dem Felsen, der das Päckchen beherbergt hatte, lösen zu wollen. Ohne nachzudenken watete er hinüber und erkannte es diesmal sofort: ein weiteres Pack klemmte zwischen den Steinen und er sah sogar ein drittes, das, vom Wasser aus seiner Lage gerissen, gerade mit der ablaufenden Welle zurück ins Meer treiben wollte. Mit beherztem Sprung rettete Phillip zuerst das schwimmende Paket vor dem Untergang und widmete sich dann dem eingeklemmten. Gleichzeitig hastete sein Blick die Küstenlinie entlang. Weitere Päckchen waren nicht zu sehen und er war immer noch allein mit etwa sechs Kilo Haschisch.

Mit rasendem Puls rannte er zur Burg, schob die beiden neuen Päckchen zu dem ersten und war schon wieder draußen. Sein unruhiger Blick suchte die Landschaft ab, Stück für Stück, immer und immer wieder, aber da war niemand. Auch das Meer lag ruhig und einsam da, kein Boot, kein Schiff war in Sicht. Trotzdem kroch Panik in ihm hoch. Wem mochte das Zeug gehören? Irgend jemand musste die Päckchen schließlich verloren haben. Automatisch fing sein Gehirn an, zu rechnen: „Wenn ich pro Gramm nur sieben Euro nehme, ist der ganze Kram   über vierzigtausend wert. Das gibt doch keiner so einfach auf! Da wird doch sicher nach gesucht!" Phillips Hände wurden klamm. Ganz sacht, aber unaufhörlich kroch ihm die Angst in den Nacken und dehnte sich auf seine Brust aus, wuchs dort wie ein Brocken, den er nicht schlucken konnte. Ihm war klar, dass die Eigentümer des Stoffes sich bestimmt nicht dem Gesetz verpflichtet fühlten. Was würden sie wohl mit ihm machen, wenn sie ihn hier bei ihm fänden?

Mit flatternden Händen stolperte er in die Burg, hob den Kleiderhaufen in die Höhe, der das Hasch verbarg und sah seinen Fund an, als könne er jeden Moment explodieren. Er verbarg ihn wieder, wischte sich nervös durch das Gesicht und sah sich um: „Das Zeug muss hier raus! Aber wohin?" Schließlich ging er ein Stück den Strand hinauf, weg von der Wasserlinie, und begann, Steine zur Seite zu räumen, dass eine Mulde entstand. Es dauerte eine Weile, bis er festen, felsigen Boden erreichte. Vergraben war hier nicht möglich, aber er konnte seine Beute dick mit Steinen bedecken. Fürs Erste musste das reichen. Zurück in der Burg holte er die drei Packen hervor und sah sie zunächst einfach nur an. Die Verwirrung in seinem Kopf hatte sich immer noch nicht gelegt, aber zumindest war er in der Lage, von dem geöffneten Paket einen ordentlichen Riegel herunter zu schneiden und in die Tasche zu stecken. Der herbsüße Duft des Dopes beruhigte ihn ein wenig. In einer Plastiktüte schleppte er die Beute zu seiner Mulde und deckte sie sorgfältig mit Steinen ab. Ein Kontrollblick von allen Seiten fiel zu seiner Zufriedenheit aus und so ging es ihm schon viel besser.

„Zeit, das Zeug mal auszuprobieren." Den Rücken an die Burgwand gelehnt saß Phillip auf einem dicken Stein und nuckelte an der gewaltigen Tüte in seiner Hand. Die Unruhe der letzten Stunde hatte sich etwas gelegt, dafür war er in eine Wolke exotischer Düfte gehüllt und nickte anerkennend vor sich hin: „Was für ein Dope! Da habe ich aber was ganz feines gefunden." Mit geschlossenen Augen genoss er sein Glück und freute sich auf Biba.

„Da war aber mal jemand fleißig!" Mit einem Ruck war Phillip zurück in der Realität. Sein erster Blick fiel auf ein Paar wohl gerundeter Beine direkt vor seiner

Nase. Biba war plötzlich da und bestaunte anerkennend seine dekorativen Bemühungen. Noch etwas wackelig auf den Beinen hievte er sich auf die Füße. Grinsend legte er seine Arme um ihre Schultern und stieß ganz sanft mit der Stirn an ihre: „Mir ist halt nichts zu viel für ein standesgemäßes Schloss. Willkommen zu Hause, Prinzessin!" Zum Dank erhielt er einen schnellen Kuss auf beide Wangen und einen tiefen, dunklen Blick. Wie ein Murmeltier hob das Mädchen forschend die Nase und entdeckte schließlich den Rest von Phillips Tüte, der zerdrückt am Boden lag: „Du lässt es Dir aber auch nicht schlecht gehen, was? Hattest Du Besuch oder kiffst Du gern alleine?" Phillip schluckte, wusste nichts zu sagen. Als hätte sie ihn bei etwas ganz schlimmem erwischt breitete sich verlegene Röte auf seinem Gesicht aus. In seinem Kopf war das Chaos zurück: War es richtig, das Mädchen in seine Angelegenheiten hineinzuziehen? Er kannte sie doch erst seit vorgestern und schlechte Erfahrungen hatte er einen Tag zuvor genug gemacht. Außerdem war es vielleicht gefährlich für sie, über das Dope Bescheid zu wissen. Nur zu gern hätte er ihr vertraut, seinen Fund und alles mit ihr geteilt, aber irgend etwas klemmte in seinem Gefühlsleben, ließ ihn stottern: „War nur ein Test. Gutes Zeug." Dabei zog er den Brösel aus der Tasche und gab ihn ihr in die Hand: „Nimm Du das!"

„Das sind ja bestimmt zwanzig Gramm! Haben sie Dich nicht ausgeraubt im Valle?" Staunend hielt Biba das Haschisch in der erhobenen Hand, so als wolle sie es zurückgeben. „Schon gut!" Phillip drehte sich zur Seite, wollte nicht, dass sie die Verwirrung in seinem Gesicht sah. Das Mädchen spürte ganz deutlich, dass eine seltsame Spannung in der Luft lag, die sie nicht greifen konnte. Die Stimmung war ihr nicht geheuer und so steckte sie den Riegel schnell in die Tasche, um das Thema zu wechseln: „Ich glaube, meine Anhänger aus

Schneckenhäusern werden ein Renner. Acht Stück habe ich allein heute davon verkauft." Sie wollte, dass Phillip den Stolz in ihren Augen sah, griff seine Schultern und drehte ihn herum: „Und das werden wir feiern!" „Gute Idee!" Auch Phillip war erleichtert, über etwas anderes als seinen Fund reden zu können. Er umfasste ihre Hüften und zog sie ganz nah zu sich heran: „Ein tolles Mädchen bist Du! *Du* sollst gefeiert werden. Und wo gehen wir hin?" Biba hob ihren Rucksack vom Boden auf und zog lächelnd eine Flasche Rotwein hervor: „Da kommt ja wohl nur das erste Haus am Platz in Frage. Ich dachte an das *Castillo del Medio.*" Sie stellte den Wein ab und brachte eine ziemlich volle Plastiktüte zum Vorschein: „Das Buffet kann in Kürze eröffnet werden."

Der Abend wurde perfekt. Zum wirklich ausgezeichneten Rotwein gab es fast frisches Brot. Bei Käse, Schinken und den köstlichen Früchten der Insel rückten die Beiden zusammen. Die Sonne brachte den Horizont zum glühen und verschwand. Dann übernahm der Mond die Kulisse. Wie aus geriffeltem Blei lag die See da, dunkel und still. Nur in der Mitte des Blickfeldes lag ein silberner Streifen, breit in Strandnähe und zum Horizont hin sich verjüngend. Phillip hielt Biba ganz fest an sich gedrückt, genoss den Duft ihrer Haare, ihre Wärme und die Ruhe, die sie ausstrahlte. Biba hatte ihre Arme um seine Brust und ihren Kopf auf seine Schulter gelegt. Schön, dass er da war. Als die Kühle der Nacht sich anschickte, ihnen in die Glieder zu kriechen, zogen sie sich in ihre Burg zurück. Ohne ein Wort nahmen sie einander in die Arme und liebten sich, als gäbe es kein Morgen. Irgendwann war es genug und sie schliefen ein, Körper an Körper, Hand in Hand.

Von See her glitten Lichtstrahlen wie suchende Finger über den Strand. Ein Boot schaukelte etwa zwanzig Meter vor der Wasserlinie auf und ab. Dunkle Gestalten zischten einander unverständliche Worte zu und zeigten auf ihn. Noch wateten sie durch das Wasser, aber sie näherten sich schnell. Ausschwärmend wie ein Rudel Wölfe und dann in einem enger werdenden Halbkreis. Phillip rannte um sein Leben, aber er kam nicht voran. Barfuß stolperte er über spitze Steine. Seine Füße bluteten und schmerzten. Keuchend fiel er auf die Knie, schleppte sich auf allen Vieren weiter, kämpfte sich wieder hoch. Ein Blick zurück. Sie näherten sich unaufhaltsam, riefen ihm etwas zu. Das Dope zurück!! Ein Blitz in seinem Rücken. Ein Knall. Die schießen! Verzweifelt riss er sich zusammen. Vorwärts! Schrie mit letzter Kraft. Schrie um sein Leben. Schrie und erwachte von seinem eigenen Schrei mit rasendem Herzen und nass geschwitzt.

Keuchend saß er auf dem Boden, zitternd. Blickte wie irre in das Dunkel und wedelte mit den Händen im Nichts. Biba kniete aufgeschreckt neben ihm, versuchte, seine Arme zu fassen und sprach in sanftem Ton auf ihn ein: „Hey, pscht, Alles ist gut. Du hast nur geträumt. Ganz ruhig! Du bist bei mir und niemand tut Dir was." Nur langsam fand Phillip in die Wirklichkeit zurück. Zu intensiv war der Traum gewesen. Er klammerte sich an das Mädchen. Das Zittern wollte seine Knochen nicht verlassen und sein Atem ging stoßweise, wie nach einem Lauf. Nach einer Weile ließ er sich auf den Rücken sinken und sah zum Himmel. Endlich kam die Ruhe zurück. Biba kniete immer noch neben ihm: „Da hast Du mich aber ganz schön erschreckt. Was war das denn bloß für einen Alptraum? Wer war denn da hinter Dir her?" Phillip schwieg, griff nach ihrer Hand und zog sie zu sich herab: „Nichts! Da war nichts. Lass uns schlafen." „Da war ganz sicher was. Du hast Angst. Das spüre ich doch. Was ist los mit Dir? Muss ich auch Angst haben? Um Dich? Um uns?" Er drehte sich von seiner Freundin weg und sagte kein Wort. Biba legte sich wieder hin, aber die Unruhe ließ sie lange nicht schlafen. Auch

Phillip lag wach und grübelte. Er begann, seinen Fund zu hassen.

Zäh kroch die Nacht dem Morgen entgegen. Mit den ersten Lichtstrahlen erhob sich Biba ganz vorsichtig. Nachdenklich strich sie dem reglos daliegenden Freund übers Haar. Der tat, als ob er schliefe, wusste nichts zu sagen nach der letzten Nacht. Zögernd zuerst, dann aber kurz entschlossen, nahm sie ihren Rucksack auf und verließ die Burg. Phillip dämmerte vor sich hin, konnte nicht schlafen und hatte nicht die Kraft, aufzustehen, um den Tag in die Hand zu nehmen. Seine Versuche, die nächsten Schritte zu planen, scheiterten an immer wieder aufblitzenden Bildern seines Traumes der letzten Nacht. Auch die Erinnerung an Bibas Liebe gab ihm nicht den Mut, den er brauchte. Stattdessen erfüllte sie ihn jetzt mit Sorge. Das Dope hatte plötzlich das Regime in seinem Hirn übernommen. Nicht seine Wirkung, sondern die schlichte Existenz. Würde wirklich hier nach dem Zeug gesucht werden? Wahrscheinlich war es irgendwo auf See über Bord geworfen worden, um es vor dem Zoll, einer Kontrolle, zu verbergen. Dann war es längst abgeschrieben. Oder? Was würde passieren, wenn er versuchte, es zu verkaufen? Vielleicht kriegten die Eigentümer das irgendwie mit. Dann war er in Gefahr und mit ihm das Mädchen. Auch die Menge machte ihm Angst. Etwa sechs Kilo schätzte er. Der dickste Brocken Hasch, den er je in der Hand gehalten hatte, mochte zwanzig Gramm gehabt haben. Wenn jemand spitz kriegte, wie viel von dem Shit hier vergraben lag, war es mit der Ruhe vorbei. Nicht nur die Eigentümer würden danach suchen. Man würde ihn belauern und beklauen, wie es die Freaks im Valle schon einmal getan hatten. Selbst vor Gewalt würden sie nicht zurückschrecken, das hatte er am eigenen Leib erfahren. Phillip fühlte sich von Minute zu Minute kleiner und ängstlicher. Er war sicher: Das Zeug war verflucht! Es musste weg, und zwar so schnell wie möglich. Langsam ordnete sich das Chaos in seinem Kopf und richtete sich auf einen Gedanken: *Das Zeug muss weg!*

Endlich hatte er eine Idee, die ihm Halt gab. Mühsam, aber entschlossen, erhob er sich vom Lager. Decken und Wäsche faltete er ordentlich zusammen und legte alles auf einen Stapel. Dabei reizte ein feiner Hauch von Bibas Duft seine Sinne und schon war ihm wieder Angst und Bange: „Was wird sie sagen, wenn sie erfährt, dass ich sechs Kilo bestes Haschisch einfach so entsorgt habe? Hält sie mich dann für einen Idioten? Ganz bestimmt! Aber wenn ich das nicht tue, dann ist auch sie in Gefahr! Und wenn ich ihr gar nichts davon erzähle? Das schaffe ich sowieso nicht! Das hat mich heute Nacht schon fast verrückt gemacht. Ich habe sie lieb! Und ich will verdammt noch mal ehrlich zu ihr sein."

So drehten sich seine Gedanken auf der Stelle. Zwei Mal ging er hinauf zum Versteck, um das Dope zu holen und kam unverrichteter Dinge wieder zurück: „Ich muss mir ganz genau überlegen, wo ich es hinbringe und was ich damit machen will, bevor ich es wieder ausgrabe." Ratlos kramte er den Brösel von gestern unter der Wäsche hervor, wo Biba ihn deponiert hatte und baute sich erst mal eine Tüte. Er musste in Ruhe nachdenken.

Sein Blick wanderte von der See über den Strand bis zu der Stelle, wo er das Haschisch vergraben hatte und zurück. Einmal, zweimal, immer wieder: „Vielleicht mache ich mich umsonst verrückt. Wir müssen nur cool bleiben, und das Zeug nach und nach verbrauchen. Was soll da schon passieren?" Das Hasch war wirklich gut und langsam stellte sich die nötige Gelassenheit ein, um das weitere Vorgehen zu planen.

Über eine Sache war er sich ganz sicher: Hier am Strand konnten die Päckchen nicht bleiben. Unabhängig von der Gefahr, dass Diebe ihm folgen könnten, um ihn zu bestehlen. Vielleicht kam ja doch mal eine Familie mit Kindern hierher um genau an der Stelle seines Versteckes eine Strandburg zu bauen. Die würden dumm gucken und das Dope wäre weg. Phillip räumte seinen Rucksack weitgehend leer und ließ den Inhalt unter einer Decke verschwinden. Dann grub er die drei Pakete aus und packte sie in den Rucksack. Vorher schnitt er noch einen kräftigen Kanten von dem angebrochenen Stück ab und steckte ihn in die Tasche. Die gewaschenen Golfbälle – es waren zweiundfünfzig Stück – zählte er in einen Beutel, der ebenfalls in den Rucksack kam. Nach getaner Arbeit brauchte er erst mal ein ordentliches Tütchen. So bedrohlich wie am Morgen sah die Welt danach gar nicht mehr aus. Da er keinen Spaten besaß, nahm er das große Kochmesser mit und hoffte auf weichen Boden. Eigentlich hatte er kein gutes Gefühl dabei, die Burg ohne Aufsicht zu lassen. In den letzten zwei Tagen hatte er hier aber nicht einen Menschen getroffen. Was sollte da schon schiefgehen?

Phillip nahm noch einen letzten Zug von seinem Tütchen und trank den Rest aus der Wasserflasche. Dann war er marschbereit. Er ließ sich Zeit für den Weg zum Dorf. Aufmerksam streifte sein Blick über die trockene Landschaft, immer auf der Suche nach einem geeigneten Versteck. Aber der Boden war hart wie Backstein, wohin er auch schaute, die Vegetation ärmlich und verbrannt. Erst in der Nähe des Golfhotels kam Abwechslung ins Bild. Wilde Pflanzen am Weg profitierten von der guten Bewässerung des Golfrasens und der Ziergehölze, die zum Hotelareal gehörten. Ein schmaler Weg führte vom Hauptweg aus in Richtung Küste. Links davon dehnte sich die wüstenähnliche Landschaft bis zum Horizont aus. Auf der rechten Seite jedoch, nur ein paar Meter entfernt, sprießte saftiges Grün. Der Abzweig umschloss ein abwechslungsreich bewachsenes Dreieck, auf dem sogar kräftige Wiesenkräuter gediehen.

Botanik war nicht Phillips Stärke, aber er sah auf den ersten Blick einen kräftigen Strauch, eng verzweigt und mit sattgrünen, kleinen Blättern, dessen Wurzeln zum Teil ein klein wenig über der Erde lagen. Die Zweige neigten sich fast bis zum Boden und würden bald den Wurzelballen ganz verbergen. Phillip sah sich um. Er war allein. Schnell kroch er auf die dem Weg abgewandte Seite und fing sofort an zu graben. Das Messer war nicht das optimale Werkzeug, aber der Boden war locker und gut durchfeuchtet. Immer wieder sah der Junge auf, aber keine Menschenseele war in der Nähe und bald kniete er vor einem beachtlichen Loch. Schnell waren die drei Platten plus Einkaufstüte versenkt. Phillip deckte sein Werk noch mit einem flachen Stein vom Wegrand ab, schob lose Erde darüber, die er leicht festklopfte und verteilte den Rest im Wurzelbereich des Stammes. Noch einmal kontrollierte er die Umgebung auf Zeugen. Fertig! Er ging ein Stück des Weges hinunter und zurück, dann auf den Hauptweg zum Hotel, betrachtete dabei sein Werk von allen Seiten und sah, dass es gut war. Da er hier so ungestört hatte graben können konnte er hoffen, dass es auch kein Problem geben würde, wenn er mal an das Versteck heran musste. Ein Tütchen hatte er sich jetzt verdient und das gönnte er sich auch. Ein paar Meter weiter stand eine Bank am Weg. Hier machte er eine Pause vor seiner nächsten Aktion.

Vorbei an gepflegten Anlagen und einem Parkplatz kam er an den Schlagbaum, der den Eingang zum Golfhotel kontrollierte. Die blau uniformierten Wächter freundlich grüßend bewegte er sich auf das Portal der riesigen Empfangshalle zu. Der Weg war gepflastert, aber Phillip hatte das Gefühl, über dickes Moos zu schreiten. Auch die Luft um ihn herum benahm sich anders als gewohnt. Irgendwie war sie dichter geworden, spürbarer, so als ginge er durch Wasser. Das alles störte ihn aber nicht, im Gegenteil. Auch der Trubel an der Rezeption machte ihm nichts aus. Geduldig wartete er darauf, von einem der eifrig herumwieselnden Angestellten angesprochen zu werden und beobachtete dabei belustigt die ab – und anreisenden Leute. Nur der brennende Durst macht ihm zu schaffen. Ohne dieses Gefühl von Sand in der Kehle hätte er stundenlang mit wachsendem Vergnügen hier ausharren können. Aber der Durst war schon schlimm!

"Sir? Mein Herr? Senor?" Er begriff nicht sofort, dass ihn jemand ansprach, trotz zunehmender Intensität und Lautstärke. Aber dann... Na, Endlich! Der Durst hätte ihn sonst umgebracht: „Ein großes Bier bitte!" Die Augen der netten Rezeptionistin nahmen einen fragenden Ausdruck an: „Bitte?" Phillip stutzte, schüttelte sich, musste lachen: „Oh, tut mir Leid, ich war wohl nicht ganz bei der Sache. Ich muss mit jemandem reden, der mit Ihrem Golfangebot zu tun hat." „Worum geht es denn bitte?" „Ich möchte Ihre Gäste mit Bällen beliefern." Die junge Frau war sich nicht ganz sicher, ob ihr Gegenüber *nur* ein Spinner sei, der ihre Zeit stahl, oder irgendwie gefährlich. Sie sagte mit einem Wink zur anderen Seite des Tresens: „Ich sehe mal, was ich tun kann, warten Sie bitte dort drüben." Tatsächlich erschien nach ein paar Minuten ein Herr im Zwirn: „Guten Tag, mein Herr, wie kann ich Ihnen helfen?" „Wie ich bereits Ihrer Kollegin gesagt habe, möchte ich Ihre Gäste mit Golfbällen beliefern. Zu sensationellen Preisen." „Ach ja?",der Mann im Anzug brachte ein gequältes Lächeln hervor: „Für die Versorgung unserer Gäste mit solchen Dingen ist bereits bestens gesorgt. Tut mir Leid, mein Herr, aber wir sind nicht interessiert." Dabei musterte er den Jungen, als dächte er darüber nach, ob man hinter ihm her fegen solle, wenn er gleich das Haus verließe. Phillip gab noch nicht auf: „Was zahlen Sie denn so für die Dinger?" „Das kommt darauf an. Ich gehe davon aus, dass Sie uns Recyclingbälle anbieten wollen. Nun, die kosten so etwa fünfunddreißig Euro pro Hundert." „Fünfunddreißig für Hundert!", Phillip riss erstaunt die Augen auf. Für fünfunddreißig Euro stundenlang auf dem Rasen herumkriechen, die Dinger reinigen und sortieren und... Er nahm seinen Rucksack von der Schulter, zog den Beutel mit den Bällen heraus und drückte ihn dem verblüfften Mann in die Hand: „Schenk' ich Ihnen". Dann drehte er sich um und strebte ins Freie: „Das wäre also auch erledigt."

Irgendwie war er froh, das Golfprojekt reinen Gewissens beerdigen zu können, aber nach wie vor litt er quälenden Durst. Dem Restaurant gegenüber war ein Kiosk angeschlossen. Dort versorgte er sich mit zwei Flaschen Wasser und zwei eiskalten Flaschen Bier. Auf der Bank am Straßenrand ließ er die letzten zwei Tage vor seinem inneren Auge ablaufen, wie einen Film: „Ist eine Menge passiert." Dabei leerte er zuerst eine und dann die andere Flasche Bier. Mit sich und der Welt zufrieden gönnte er sich noch ein kleines Tütchen, streckte die Beine aus und wartete. Wenn Biba zurück zur Burg wollte, musste sie hier vorbei kommen.

Tatsächlich dauerte es nicht lange, bis das Mädchen verschwitzt und schnaufend den Hang heraufkam. Ihr Rucksack sah schwer aus. Vielleicht hatte sie eingekauft. Als Phillip aufsprang, geriet für einen kleinen Moment die Welt ins wanken und seine Füße schienen tief in den Asphalt der Straße einzusinken. Unbeirrt kämpfte er sich vorwärts. Mit ausgebreiteten Armen und einem frohen Grinsen auf dem Gesicht wankte er auf Biba zu: „Da kommt ja mein Schatz! Komm, setz Dich! Ich muss Dir was erzählen." Am Anfang war Biba ein bisschen sauer, ihn hier, offenbar schwer bekifft, anzutreffen: „Hallo! Schön, dass es wenigstens Dir gut geht. Nach einem Markttag auf der windigen Plaza mit Busfahrt in die Hauptstadt und zurück plus Einkaufstour freut man sich doch, auf Leute zu treffen, die Zeit für die schönen Dinge des Lebens haben. Wie lange willst Du das eigentlich so treiben? Hast Du schon eine Idee, wovon Du in Zukunft leben willst? Bei aller Liebe! Nicht von mir!" Unbeeindruckt nahm Phillip das Mädchen in den Arm, das sich widerwillig auf die Bank bugsieren ließ. Als er dann ganz von vorne anfing, die Sache mit dem Dope zu erzählen, hörte sie aber aufgeregt zu, stellte Fragen und verstand plötzlich, was ihn in der vergangenen Nacht so verwirrt hatte: „Und die Sache mit den Golfbällen kannst Du vergessen", endete sein Bericht. „War mir klar, dass damit nichts zu verdienen ist. Aber was ist mit dem Haschisch? Das hast Du vergraben? Bist Du wirklich sicher, dass Du es auch wiederfindest?"

Wie sich herausstellen sollte, hatte Biba hier einen wunden Punkt berührt. Tage und Nächte des Suchens und Wühlens folgten. Irgendwie schien sich das Zeug heimlich davongemacht zu haben. „Ich habe die Stelle genau vor Augen! Wie ein Photo!" Phillip grub bald an Orten, die er nie zuvor besucht hatte: „Aber irgendwo muss der Shit doch sein!"

Inzwischen ist er in Bibas Geschäft eingestiegen: Produktion und Verkauf von Schmuck aus Fundstücken aller Art. Die Arbeit macht ihm Freude. Besonders, weil er zusammen mit seiner großen Liebe eine Kreativität ausleben kann, die er bei sich selbst nie vermutet hatte. Wahrscheinlich war der Verlust seines unglaublichen Fundes ein Glücksfall. Jedenfalls lebt Phillip seitdem ohne Angst und Alpträume. So kann er sich voll auf das Jetzt und Hier einlassen.

An manchen Tagen sieht man ihn jedoch forschenden Blickes am Rande des Golfplatzes entlang gehen. Golfbälle sucht er aber nicht mehr.

ENDE

9 DUMM GELAUFEN

„Als ich vor Jahren zum ersten Male hier war, überwältigt von der wilden Natur dieser Insel und fast schon überzeugt, hier irgendwann einmal leben zu wollen, fragte ich jemanden, ob es hier neben all der Schönheit auch Gefahren, zum Beispiel eine besonders giftige Spezies gäbe. 'Sicher!', antwortete der 'Deine eigenen Landsleute.' Damals habe ich darüber gelacht." Wie lange sie schon hier am Tresen von Pauls Kneipe saßen und quatschten? Peter hätte es nicht sagen können, aber es war ihm auch egal. Beiläufig hatten sie einander erkannt, wie Leute gemeinsamer Herkunft das tun, wenn sie im Ausland auf einander treffen. Man grüßte, wenn man sich zufällig begegnete, auf der Straße, beim Bäcker, in der Kneipe. Man beobachtete einander aus der Distanz. Mehr nicht.

Aber Heute waren sie zusammengerückt, als folgten sie einem inneren Drang. Sie hatten es aussehen lassen, als wähle jeder seinen Platz zufällig, mit einem Gruß, kühl und höflich. Beim ersten Kaffee war man ins Plaudern gekommen, über das herrliche Wetter und anderen Kram. Schnell war das Gespräch intensiver geworden. Jetzt überstürzten sich die Geschichten und jeder wollte sein Erlebnis, seine Anekdote, sein Drama, seine Lachnummer loswerden wie einen Stein im Schuh.

Inzwischen hatte man genug vom Kaffee. Statt seiner stand da jetzt eine Flasche Weißwein der Region, begleitet von einer Karaffe Wasser. Vier Männer aus Deutschland, man mag sie Einwanderer oder auch

Dauertouristen nennen, saßen darum herum, erhitzt von
der Sonne und ihrer angeregten Unterhaltung: „Du
kannst sie kaufen, lieber heute als morgen. Ich mache
Dir einen Sonderpreis. Die Möbel schenke ich Dir
obendrein. Kaum gebraucht, nur das bisschen Schimmel
musst Du abwischen." Peter lachte bitter über sein
eigenes Angebot. Die Finca im tiefen Wald, jenseits von
Los Acevinos, weitab vom Ende der Straße hatte er vor
Jahren gekauft. Damals war es Liebe auf den ersten
Blick gewesen. Die fast absolute Stille dort, nur
unterbrochen vom Rauschen der Blätter und vereinzelten
Vogelschreien, hatte ihn am meisten beeindruckt. Dann
das Haus. In solider Bauweise aus Bruchstein gemauert,
drückte es sich an den Hang, als suche es Schutz vor
den Unbilden der Witterung. Dabei war es angenehm
warm gewesen in jenem Sommer. Oder angenehm kühl,
im Vergleich mit den Temperaturen auf Küstenhöhe.
Viele Details am Haus, wie Nischen, Bögen, eine
gemauerte Bank davor und die kleinen Fensterchen, die
an ein Hexenhaus aus dem Märchen erinnerten, hatten
sein Herz erobert. Dann das riesige Grundstück. Sicher,
der Wald hatte sich bereits ein gutes Stück des Geländes
zurückgeholt, schließlich war die Finca seit einer Weile
unbewirtschaftet. Aber mit Enthusiasmus und Verstand
würde daraus in kurzer Zeit ein Garten Eden werden.
Nur ein paar Fragen zur Wasserversorgung hatten noch
offen gestanden. Für Peter kein Hindernis, sich einen
Traum zu verwirklichen. Glücklicherweise hatte das
Objekt einen deutschen Vorbesitzer und wurde von
einem deutschen Makler vermittelt. Peters dürftige
Kenntnisse der Landessprache waren also kein Hindernis
gewesen, das Ziel seiner Wünsche zu erwerben:

„Im Winter, wenn der Nebel im Wohnzimmer steht
und mein Pullover Wasser zieht, dass ich die Kälte nicht
mehr aus den Knochen kriege, denke ich oft an diesen
ersten Sommer der Euphorie zurück. Wie wenig hat es

mir anfangs ausgemacht, dass mein Wasserbehälter sich als stinkendes Schlammloch herausstellte, in dem die aufgeblähten Körper verstorbener Ratten vor sich hin gärten, während die Leitungen zum Haus wie das gesamte Be – und Entwässerungssystem vorwiegend aus Löchern und Undichtigkeiten bestanden. Was habe ich geackert, wie viel bezahlt, bis ich endlich daran denken konnte, Wasser aus meinem eigenen Wasserhahn zu zapfen. Und wie viele Hektoliter Trinkwasser habe ich bis dahin in Kanistern zum Haus geschleppt, jedes Mal über fünfhundert Meter, wie *jeden* Einkauf. Mit dem Auto war das Haus nämlich nur nach langer Trockenheit zu erreichen, über eine abschüssige, rumpelige Rampe, die zum Glück bei Forstarbeiten entstanden war."

Jupp ließ ein wissendes Grinsen sehen: „Zu wenig Wasser hast Du da oben aber sicher nicht. Schließlich steht der Wald die Hälfte des Jahres im Nebel. Du musst ihn nur einsammeln. Aber wie machst Du es mit dem Heizen?" „Auch so ein Ding, womit ich damals nicht gerechnet habe: Wald gibt es ja reichlich, aber als Naturpark! Da ist nichts mit Holz schlagen. Im Moment zersäge ich alte Strommasten, die von der Gemeinde günstig abgegeben werden und angekokelte Stämme, die das Forstamt nach dem letzten Waldbrand eingesammelt hat. Niemand wünscht sich einen neuen Waldbrand, aber lange reicht das Holz nicht mehr."

„Immerhin hast Du ein Dach über dem Kopf, das Dir gehört. Da bist Du besser dran als viele!", Frank, ein etwas kurz geratener, breitschultriger Endfünfziger in Arbeitskleidung, klopfte ihm ermutigend auf die Schulter: „Als hier vor ein paar Jahren die Straße gebaut wurde, habe ich beschlossen, auf der anderen Seite des Barrancos ein Häuschen für mich zu bauen. Ein Grundstück war schnell gefunden. Wegen der Lage an einem Steilhang oberhalb der Piste war es nicht allzu teuer. Der deutsche Besitzer hatte mir ein Papier gezeigt, auf dem das Areal als Bauland ausgewiesen war. Der Blick von dort auf das Tal war wunderschön und das Dorf leicht zu Fuß zu erreichen. Ich hatte den Kopf voller Pläne und sah das Anwesen Tag und Nacht vor meinem inneren Auge. Tausend Ideen zur Gestaltung gingen mir durch den Kopf und wollten verwirklicht werden. Also nutzte ich die Zeit, als ich beruflich ein paar Monate in Deutschland zu tun hatte und ließ meinen Traum vom Haus von einem befreundeten Architekten auf Papier bringen. Voller Tatendrang kam ich nach knapp einem halben Jahr zurück auf die Insel. Mein erster Gang führte natürlich zum Platz meiner Träume und was mich dort erwartete, haute mich um! Ich wollte es nicht glauben, dachte zuerst, ich wäre an der falschen Stelle, aber dann musste ich es begreifen: Mein Grundstück gab es nicht mehr! Von der Straße aus war mit Baggern und Radladern mein Hang vollständig abgetragen worden. Statt seiner öffnete sich jetzt eine riesige Nische, deren Seiten senkrecht in den Boden gefräst waren. So war ein rechteckiger Platz neben der Piste entstanden: Mein Grundstück war kunstgerecht tiefergelegt. Leider hatte ich, glücklich wegen des günstigen Preises, den nun verschwundenen Bauplatz längst bezahlt und der Vorbesitzer war irgendwie nicht zu erreichen. Es hat mich einige Mühe und Zeit gekostet, bis ich herausfand, dass die Gemeinde das Erdreich, welches beim Abtragen meines Grundstückes gewonnen wurde, zum Bau der neuen Dorfstraße verwendet hatte. Man sagte mir, sie habe es ordnungsgemäß für ein paar hundert Euro vom Besitzer gekauft: „Nein! Kein Grundstück, nur einige LKW - Ladungen Erde, weiter nichts." Der Verkäufer der Erde und somit der Besitzer des ehemaligen Grundstückes sei auch nicht mein deutscher Vertragspartner, sondern der langjährige Nachbar des Areals, der es jetzt als Parkplatz nutze. Ich habe dann einen Anwalt beauftragt, dieses Chaos zu klären und dafür zu sorgen, dass ich mein Geld zurückbekomme. Der hat mir vor ein paar Wochen geschrieben, dass: *mangels Grundbucheinträgen nicht zu ermitteln ist, wem das Grundstück wirklich gehört, die Gemeinde den Status quo aber legalisieren und meine Ansprüche abweisen werde und der Empfänger meiner Zahlung für den ehemaligen Bauplatz nicht aufzufinden sei. Er selber sähe keine Möglichkeit, weiterhin für mich tätig zu sein und bitte um die Begleichung beiliegender Rechnung.* Und die war nicht ohne!" Frank seufzte tief, schüttelte noch einmal den Kopf und griff zum Glas, wobei sein Blick von einem Tresengenossen zum anderen wanderte, neugierig, ob deren Grinsen Häme oder Mitgefühl ausdrücke: „Trinken wir darauf! Weg ist weg! Es bleibt dabei: Erfahrung stellt sich immer dann ein, wenn man sie kurz vorher gebraucht hätte."

Vier Gläser hoben sich, vier Männer sahen sich voller Verständnis an, ernst zunächst, dann, als hätten sie einen guten Witz gehört, plötzlich losprustend, während sich die Spannung in ihren Gesichtern in einem befreienden Lachen auflöste. „Mein Angebot steht immer noch!", Peter schickte ein gewinnendes Lächeln in Franks Richtung: „Aus meiner Finca macht bestimmt niemand einen Parkplatz, da kannst Du sicher sein." Und dann, teils resignierend, teils belustigt: „Überlege es Dir!"

„Ich hätte da auch eine Spitzeninvestition für Dich." Paul, der Wirt des Lokales, in dem unsere Freunde inzwischen bei der dritten Flasche Wein angekommen waren, hatte die ganze Zeit bei seinen Gästen gestanden, nur auf der anderen Seite der Theke. Ob es ihm gefiel oder nicht, er hatte genügend Zeit dafür. Mit großer Geste wies er hinter sich: „Das alles steht zum Verkauf. Eine Zwei – Zimmer – Wohnung mit Dusche und prima Aussicht auf den Barranco plus Gaststätte, wahlweise als Tresenkneipe oder Spitzenrestaurant mit vier bis fünf

Tischen zu verwenden, sofern man die zwölf Meter im Quadrat mitnutzt, die als Terrasse hinter dem Haus liegen. Exklusive Lage, vor allem von findigen Gästen besucht. Denn suchen muss man den Laden zwischen all den Wohnhäusern hier schon." Fragende Blicke seiner drei Gäste wendeten sich Paul zu: „Willst Du etwa hier raus?" Frank wirkte bestürzt: „Aber Du hast es doch so herrlich ruhig hier."

„Ruhe?", Paul konnte sich ein bissiges Grinsen nicht verkneifen: „Ruhe ist etwas, was ich in meiner Lage weiß Gott überhaupt nicht gebrauchen kann. Weißt Du, was mich diese Bude hier jeden Monat kostet? Zwar kann ich mir Personalkosten weitgehend sparen, weil ich überhaupt kein Personal brauche, um die paar Bierchen zu zapfen, die ich hier verkaufen kann, aber", Paul atmete tief durch und warf einen Blick zur Decke, als sei von dort oben Hilfe zu erwarten: „Neben Kleinigkeiten wie Steuern und den Kreditraten an die Bank für den Schuppen hier habe ich auch noch eine satte Ablöse an den Vorbesitzer dieses illustren Etablissements zu zahlen, der es geschafft hat, mir für einen Haufen Geld diesen Klotz ans Bein zu binden." Der Wirt sah in verständnislose Gesichter. Dann griff er hinter sich, verteilte vier kleine Gläser auf der Theke und füllte sie bis zum Rand mit Parra: „ Der geht aufs Haus, ganz was Gutes. Das Schlitzohr hat mir den Laden als bestens eingeführtes Spezialitätenrestaurant verkauft. Ich bin Koch! Verdammt noch mal, ich habe ewig davon geträumt, in einem kleinen Lokal, ohne Hetze, aber mit kreativer, erlesener Küche mein Leben zu bestreiten. Ich habe die Küche hier auf Vordermann gebracht. Ich habe wochenlang geworben, gekocht und die tollsten Genüsse zu Spottpreisen angeboten. Was ich auch unternommen habe, hier hocken immer nur ein paar Nasen wie Ihr am Tresen und trinken Bier oder Wein. An den Tischen sitzen die Opas aus der Nachbarschaft, spielen Domino und meckern über den Kaffeepreis. Dieser Ort ist ein Versteck, für einen Puff zu klein und von Gästen, die schick ausgehen wollen, einfach nicht zu finden, zumal man hier noch nicht einmal ein Auto parken kann."

Paul ließ noch einmal die Flasche kreisen: „Also, sollte jemand von Euch eine interessante Tätigkeit in einem ruhigen Umfeld suchen, ich habe obendrein noch eine bescheidene Wohnung im Angebot. Die Fixkosten liegen kaum über dreitausend Euro, alles inklusive außer Strom. Und", Ein trockenes Kichern löste sich aus seiner Kehle: „Man kann sich jederzeit in einer voll professionell ausgestatteten Küche ein Ei in die Pfanne hauen."

Jupp, groß, dürr, etwa Mitte sechzig und von Sonne und Wind gegerbt, hatte bisher aufmerksam zugehört, aber noch kein Wort gesagt. Jetzt räusperte er sich in die betretene Stille: „Da habe ich ja drei echte Glückspilze kennen gelernt. Schön, dass nicht nur ich zu naiv für diese Welt bin. Aber grämt Euch nicht, ich bin schon seit fünfzehn Jahren Pleite. Man kann sich daran gewöhnen. Als ich damals den größten Teil meiner Ersparnisse in Telekom – Aktien und den Rest in Infineon angelegt hatte, war das kurz vor dem Absturz und als ich nach herben Verlusten umdisponierte, kam es noch härter. Ich sag Euch was: Lieber bin ich auf dieser Insel ein armer Schlucker, als ein überforderter, selbstoptimierender Bürohengst in der kalten Heimat. Und eines habt Ihr mir sicher voraus: Ihr könnt mir nicht weismachen, dass es bei all der Scheiße, die Euch passiert ist, nicht auch eine Menge zu Lachen gegeben hat."

Frank nickte zögernd. Dann breitete sich ein sattes Grinsen auf seinem Gesicht aus: „Stimmt schon! Und wenigstens braucht keiner von uns zu befürchten, einem von uns in die Finger zu geraten."

ENDE

[i]Bücher von der Insel[i]

edition dedo

ebenfalls in der edition dedo erschienen:

DEGOLLADA

Zahltag auf La Gomera
Autor: Günter Finger

Eine kleine Insel in südlichen Breiten.
Sonne satt, Strandleben und Kneipenmilieu,
Rentner, Urlauber und ihre Gastgeber.
Spaßguerrilla im Seniorenheim, heiße Liebe
und schräge Vögel.
Dazu ein bisschen Subventionsschwindel a
la mode und gute Laune für alle.
Doch plötzlich ist alles anders. Eine Serie
brutaler Morde rüttelt am Fundament
dieses Biotops des leichten Lebens. Angst
macht sich breit! Wer ist das nächste
Opfer? Wer der Täter?
Paul macht sich auf Spurensuche. Er
kommt in arge Schwierigkeiten.

erhältlich bei amazon
auch als eBook

[i]Bücher von der Insel[i]
edition dedo

ebenfalls in der edition dedo erschienen:

Fingers Insel- und Reisekochbuch
oder
nie wieder Spaghetti mit Tomatensauce
Eine autobiografische Gomera-Auswanderergeschichte zum Nachkochen

Irgendwann einmal reiße ich alle Brücken hinter mir ein und ziehe ans Meer. Wer hat nicht schon einmal darüber nachgedacht? Ute und Günter Finger haben sich nach einem hektischen Arbeitsleben diesen Wunsch erfüllt: sie sind auf die grüne Kanareninsel La Gomera ausgewandert. Mit ihrem kleinen, gelben Panda, vollgepackt bis unters Dach, ließen sie sich drei Monate Zeit für den Weg in ihr neues Leben. Unterwegs sammelten sie viele Eindrücke. Auch kulinarische. Dieses Buch erzählt von ihrer Reise und dem ersten Jahr in der neuen Heimat und ist gespickt mit vielen leckeren Rezepten. Es ist aber kein Kochbuch, vielmehr eine autobiografische und humorvolle Geschichte über das Reisen an sich und die Frage, was wichtig ist im Leben.

erhältlich bei amazon
auch als eBook

[i]Bücher von der Insel[i]

edition dedo

ebenfalls in der edition dedo erschienen:

DERRIBO-Abschuss

Autor: Günter Finger

Robert, ein junger, erfolgreicher
Politiker, macht Urlaub auf La Gomera,
als er erfährt, dass in Deutschland eine
üble Verleumdungskampagne gegen
ihn läuft. Er steht auf der
Fahndungsliste und wird unerbittlich
gejagt. Aus dem Untergrund muss er
sich seine Existenz zurück erkämpfen.
Hilfe kommt von unerwarteter Seite.
Gibt es einen Weg zurück? Derribo ist
ein spannender Polit – Thriller, der teils
auf La Gomera, teils in Deutschland
spielt.

erhältlich bei amazon
auch als e-Book

[i]Bücher von der Insel[i]

edition dedo

ebenfalls in der edition dedo erschienen:

Miezekatzegeschichten

Autor: Felix Winner (8 Jahre)

Ein Lese- und Vorlesebuch für Katzenfreunde ab 3 Jahren mit vielen Bildern und 10 kleinen Katzengeschichten

Felix macht Urlaub bei seinen Großeltern auf der Kanareninsel La Gomera. Deren kleiner Kater, genannt 'Miezekatze', hält nicht viel von Kindern. Felix hat trotzdem viel Spaß an den Erlebnissen des Tieres und schreibt sie auf. Und am Ende freunden sich der Autor und der Kater doch noch an.

erhältlich bei amazon

zur Zeit nur als eBook

Printed in Poland
by Amazon Fulfillment
Poland Sp. z o.o., Wrocław